10,000 Lettres d'impression pour 1 centime.

BIBLIOTHÈQUE POUR TOUS

ILLUSTRÉE

ROMANS, HISTOIRE, VOYAGES, LITTÉRATURE, SCIENCES, ETC.

CHAQUE OUVRAGE COMPLET : **50** CENTIMES.

L'AMOUR QUI PLEURE

PAR CHARLES DESLYS

Prix : 50 centimes

60 CENTIMES POUR LES DÉPARTEMENTS ET L'ÉTRANGER.

PARIS

LÉCRIVAIN ET TOUBON, LIBRAIRES, RUE DU PONT-DE-LODI, 5

ET CHEZ TOUS LES LIBRAIRES DE PARIS, DES DÉPARTEMENTS ET DE L'ÉTRANGER.

N° 112. — Publié par J. Lemer.

BIBLIOTHÈQUE POUR TOUS

L'AMOUR 'QUI PLEURE

PAR

CHARLES DESLYS.

PERVENCHE

I

« Accorde-nous, ô mon Dieu ! notre pain, notre passion, nos douces larmes et notre sourire de chaque jour. Ainsi soit-il ! Amen !... »

Telle était la simple et touchante prière qu'au premier rayon du soleil le bon et joyeux Sterne répétait chaque matin dans son cœur.

Heureux Yorick ! — Que de fois j'ai porté envie à ta gracieuse humeur, à ton inaltérable gaîté !... — Chevalier errant de la folie, toujours en selle sur ce charmant DADA, que ta fantaisie menait si vite et si loin ; jamais tu n'as rencontré l'ennui sur ta route eurie ; ou bien le temps t'a manqué d'apercevoir cet éternel voyageur de tous les chemins, de tous les sentiers. — Oh ! que tu l'aurais laissé loin derrière toi, dans la fange des ornières, le vieil-

lard impotent et alourdi !... toi, si vif, si alerte, si jeune toujours !...

Il fallait si peu de chose pour amuser tes heures d'écolier naïf et curieux : le bruit du vent, le murmure des eaux, un nuage qui court, un oiseau qui vole, un passant qui pleure et qui rit, un carrosse, un chien, un âne, tout ce qui fait un peu d'ombre ou de bruit ! Que demandait ton cœur pour s'attendrir ?... tes yeux pour verser les douces larmes que tu demandes dans ta prière de chaque matin ?... Le chagrin du premier venu, la moindre misère, la plus légère infortune entrevue ou devinée, un bout de haillon, un pan de ruines, la plainte d'un animal, le gémissement des arbres, le cri des cailloux sous les roues des lourds chariots de la route, mille murmures qui disaient : « Je souffre ! » son âme pleine d'amour pour la nature entière !...

Et sa tête de poète ?... Tout la fait rêver. Son œil intérieur traverse l'espace et la muraille ; son génie par ...

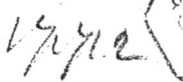

ce qu'il touche ; tout lui parle, lui rit ; et pas un voile à cet horizon sans bornes, où ses passions voltigent avec ses caprices, comme des oiseaux ivres de liberté!...

Oh! oui, Sterne, tu fus le plus heureux des hommes et des poètes!... Mais, dis-moi, bon Yorick, d'où te venait ce bonheur, immuable, universel? Avais-tu quelque génie bienfaisant à tes ordres?... Oui, c'est cela, sans doute!... Cette fée, enfant de l'air, de la terre ou des eaux; gnome, ondine ou sylphide, t'a doté d'insouciance ou de folle gaîté. Plus tard, elle t'aura aimé, cette marraine invisible; et qui ne t'eût pas aimé, Yorick!... Alors, elle aura quitté sa grotte, sa fleur ou son nuage, pour venir habiter ton cœur. C'est elle qui te donnait ces spectacles magiques; elle qui te faisait tout voir et tout comprendre; elle qui te secouait des rêves d'or le jour comme la nuit; elle enfin qui n'avait qu'à toucher du bout de son doigt ta lèvre ou ta paupière, pour la faire sourire ou pleurer!...

Mais tu n'étais qu'un homme, Yorick, et ta fée était immortelle. Tu dors dans le marbre à Cambridge, et la pauvre veuve éplorée erre au hasard, depuis que la brutale mort l'a chassée de sa demeure chérie! Elle vole, cherchant un cœur qui vaille ton cœur; et depuis le jour où son nid fut brisé, elle vole, hélas! elle vole sans asile pour abriter son corps, qui, peut-être, est une brise, une étoile ou un parfum!...

Parfois, aux jours de fatigue et d'orage, elle choisit un de nous, et vient se réfugier dans une de nos poitrines, qu'elle allège et réjouit. Jours heureux! où le caprice nous mène, la poésie nous inonde, où nous sommes Yorick, mais Yorick pour quelques heures seulement, heures rapides, fugitives, regrettées comme un souvenir d'enfance... La fée nous laisse bientôt, au premier retour du soleil, étonnés, ivres, éblouis, avec des harmonies expirantes dans l'oreille, avec des rayonnements confus devant les yeux!...

Or, il y a près d'un mois, j'eus l'honneur d'une semblable visite. Oui, j'en jure par Tristram Shandy, je fus Sterne pendant le quart d'un jour.

II

Il venait d'éclater un de ces orages que juillet couve sous son ciel de feu. J'étais accablé, brisé, anéanti.

— Au diable le travail, m'écriai-je, les intérêts et les soucis!

Je pris mon chapeau, ma canne, et je descendis mes cinq étages, sans savoir de quel côté j'allais diriger ma paresse et ma flânerie.

Sans doute la fée de Yorick avait entendu ma boutade; sans doute la rieuse enfant l'avait trouvée à fantaisie; car, je suis certain, ce fut elle que j'aspirais dans la première bouffée d'air dont mes poumons se gonflèrent au seuil de la maison.

Aussitôt je me sentis réjoui, rasséréné. Quelque chose de délicieux s'épanouissait en moi. Ma poitrine me semblait une feuillée pleine du chant des petits oiseaux. Une source inconnue baignait mes paupières humides, et mille joyeux sourires babillaient sur mes lèvres.

Il pleuvait encore de grosses gouttes; je me pris d'abord à plaisanter avec ma canne sur l'absence d'un parapluie quelconque. Puis je promenai à mon tour mes regards curieux. La rue était presque déserte, et l'orage venait de faire la toilette du pavé. Ma foi, vive la pluie!... elle balaie, avec la fange des ruisseaux, les promeneurs frisés et parés, toute la flânerie niaise et vaniteuse, toute la gent en corsets et en gants jaunes. Elle rassemble sous les vastes portes cochères des raouts variés et bizarres, serrés, entassés, regardant en l'air, comme les moutons à l'abri sous l'arbre de la plaine inondée. La veste coudoie le frac, et l'indienne fait crier la soie. C'est une cohue, un pêle-mêle admirable! Tous les rangs de fortune ou de position sont confondus, et c'est d'une goutte d'eau qu'est venue cette égalité, dont le règne aura duré pendant toute une averse! — Les uns sont contrariés, impatients, furieux; les autres parlent, rient, plaisantent. Il y a là des délicats qui craignent l'humidité, les pauvres qui redoutent la pluie pour leur unique toilette, les pressés qui enragent. On s'aborde, on cause. Bien des amitiés, bien des amours naissent sous le corridor obscur. On est entré un, on sort deux de la porte cochère... Tout cela est animé, curieux, réjouissant!...

Dans la rue, il n'y a presque personne. De rares parapluies courent sur le trottoir, et donnent aux habitants de ces tentes ba-

riolées je ne sais quel air burlesque et encapuchonnant. Mais ceux que je préfère, ce sont ces intrépides qui marchent fiers et superbes, à découvert sous les cataractes du ciel. La pluie en fait des réservoirs ambulants, des succursales de ses nuages. Autour d'eux, il pleut deux fois. Leurs vêtements les drapent de plis mornes et désespérés. Ils ont partout de petites rigoles qui distillent leurs gouttes à chaque extrémité, au bout des doigts, des cheveux, des cils, du menton, du nez, partout... Leurs chapeaux, mous flasques, ont des poils abattus et couchés qui semblent verser des larmes amères sur les infortunes du feutre compromis. On dirait des barbets sortant de l'eau, ou bien les ombres de quelque fleuve à la recherche de son urne perdue. Quoi de plus amusant, de plus drolatique? Ma foi, vive la pluie!

J'en étais là de mes réflexions, lorsque j'aperçus que moi aussi j'étais dans cette circonstance aquatique, et que je ressemblais fort à un triton du jardin de Versailles un jour de grandes eaux. Mais ne m'importait... La fée de Yorick était là qui se réchauffait en moi, qui me remplissait de rêverie et de gaîté. C'eût été le déluge, que je ne m'en serais pas fâché! Ce n'était qu'une bonne ondée, une pleine eau par les rues de la capitale. Or, je suis nageur comme un terre-neuve, et ma canne, en sa qualité de jonc, n'avait pas droit de se plaindre; elle était dans sa patrie, dans son élément; elle eût germé, je gage, sans son vernis, au beau milieu de la rue Notre-Dame-de-Lorette.

Car j'étais rue Notre-Dame de-Lorette.

Et n'allez pas croire que je me sois orienté à la rue du télégraphe de Montmartre, dont les bras noirs jouaient les Debureau à l'horizon pâle et grisâtre, ou bien encore à la pancarte bleue, invention du gracieux et pastoral Rambuteau... Non! non!...

Mais, depuis quelques minutes, je voyais trottiner autour de moi des parapluies petits et coquets, aux couleurs claires et guillerettes, aux allures capricieuses et dansottantes, comme un ballet d'ombrelles à l'Opéra. Cela m'avait souri. J'avais regardé au-dessous de ces corolles de soie : au-dessous frétillaient des tailles élastiques, des hanches de bolero ou de cachucha. Plus bas, des jupons retroussés presque jusqu'à la jarretière; plus bas encore, des jambes qui semblaient de marbre, tant elles avaient d'élégance et de gracieuseté, marbre blanc, marbre moucheté de quelques taches de boue; pas de cette boue qui dépare et salit; non... d'une petite boue friponne comme la mouche du coin des lèvres d'une Pompadour ou d'une Dubarry!... Eh bien! sur ces tailles, sur ces hanches, sur ces jambes, j'avais lu : Rue Notre-Dame-de-Lorette.

Harem de Paris!... gynécée du faubourg Montmartre!... serait aux mille boudoirs, aux mille odalisques folles de plaisirs et de liberté! ville de maisons neuves et blanches, dont tous les balcons, toutes les fenêtres ont des jardinières de fleurs et des bouquets de jeunes filles en peignoirs flottants!

C'est là que la fée de Sterne me créa de charmantes surprises! Elle décoiffait les maisons des toits d'ardoises, comme nous décoiffons le chapeau d'un pâté de Félix... Je voyais à travers les portes et les murailles; grâce à sa baguette magique, tout était gaze et glace... tout devenait un langage. Que de choses m'ont parlé ce jour-là, qui se taisent depuis! L'alcôve, le divan, le secrétaire, me disaient leurs secrets; et souvent ce dernier était, hélas! le premier chapitre des deux autres. Mais j'avais des sourires pour toutes les Laïs, et des larmes pour les quelques Madeleines, au repentir d'une semaine.

A l'extrémité de la rue, je vis s'arrêter une riche et élégante voiture; un vieillard en descendit, mais un de ces vieillards qui inspirent le dégoût au lieu du respect. Il entra dans la dernière maison du côté gauche. Au balcon du premier étage, s'appuyait, souriante et penchée, une toute jeune fille, blonde et divine enfant; et sur le trottoir un peu plus bas, un jeune homme courait, haletant, désespéré, fou! il tenait à la main une lettre entr'ouverte, et ses larmes se mêlaient, sur son visage pâle et ruisselant, aux gouttes de la sueur de la course, aux gouttes de la pluie du ciel. Pauvre jeune homme!... je ne sais pourquoi mon cœur se serra à l'aspect de sa tristesse. Le vieillard avait regardé la jeune fille d'un œil avide et triomphant : le jeune homme lui envoya à son tour un regard sublime d'amour et de prière; puis tous deux disparurent sous la porte sculptée. Pour toute réponse, la jeune fille avait rougi et s'était rapidement rejetée dans l'ombre de l'intérieur... Je m'arrêtai devant la maison. Au bout d'une minute, le jeune homme ressortit seul, morne, anéanti, en froissant convulsivement la lettre dans sa main fébrile et crispée. Au même instant, le hideux vieillard reparut en toussant, sur le balcon. Une ombre blanche était derrière lui, et je crus voir briller l'étincelle d'un diamant... J'avais compris : une larme vint perler au coin de ma paupière ; mais aussitôt la fée me poussa la poitrine en murmurant :

— Viens voir là-haut Paris se sécher au soleil, comme un serpent aux mille écailles qui sort du Nil ou de l'Arkansas.

III

Je repris donc mon ascension vers Montmartre.
A chaque pas c'était un drame ; une comédie à chaque pas.
Ici, quelque mendiant que l'orage n'avait pas chassé de sa borne. Toujours il tendait sa main suppliante, et la pluie seule la remplissait de son aumône humide. — Sur le trottoir, la moue chagrine d'une grisette, surprise à l'heure où elle se rendait à un bal. L'orage a détruit l'espoir du plaisir de la soirée ; l'orage a chiffonné les plis de la robe d'indienne qu'elle avait repassée elle-même le matin dans sa chambrette ! — Puis le vent tourbillonne, les parapluies se retournent en forme d'entonnoir, les ruisseaux grossissent. — Il y a des enfants qui barbottent pieds nus dans ces fleuves d'une heure. — Les voitures se croisent avec rapidité, en faisant jaillir, sous le fer de leurs roues, des jets d'eau au lieu d'étincelles de feu. Parfois au sommet d'un omnibus se dresse la fatale pancarte de tôle, où quelque Atalante haletante et désappointée lit avec stupeur ce mot terrible : Complet ! Paris a, les jours d'orage, une physionomie multiple, originale, et ce jour-là, toujours grâce à ma bonne fée, Paris me donnait cent spectacles divers, cent impressions délicieuses et inconnues.

Enfin j'arrivai près de la barrière Pigale.
Ce quartier est vraiment étrange : c'est un mélange de maisons en ruines et de constructions inachevées. Il y a des côtés de rues entièrement bâtis, et de larges champs nus et stériles, où la poussière de moellon semble être la seule végétation possible. Parfois le terrain est creusé par des fondations presque oubliées, caves béantes dont l'orage avait fait ce jour-là des étangs. Enfin, au milieu de ce bouleversement, de ce Pompéï moitié refait, fleurissent çà et là des villas étonnées de ce singulier voisinage, des maisons sculptées à jour, comme le Gallion de François Ier.

J'étais arrêté devant un de ces palais modernes, qui feront un jour une Florence neuve de notre vieux Paris, et je contemplais, aussi absorbé, aussi songeur que le maigre Gringoire, les arabesques d'un balcon léger et transparent comme une dentelle de Malines, lorsqu'en me retournant je vis, juste en face, une masure éventrée qui me sembla faire la grimace à sa fière et coquette voisine. Bien plus, il y avait, adossée à la masure inclinée, une échoppe en planches lézardées et vermoulues, et dans cette échoppe un savetier qui chantait.

C'était le bruit de sa chanson qui venait de me faire retourner. J'avais encore devant les yeux l'aspect charmant de la maison d'en face, et pourtant je me mis à regarder, avec un sourire à la Sterne, la masure, l'échoppe et le savetier.

Les deux premières étaient ce que sont leurs pareilles. Mais le savetier !... Quel bon et jovial savetier !... Il avait le visage presque noir, l'œil doux et riant, les dents blanches et brillantes. Ses cheveux gris et touffus frisaient, sur son crâne au front bas, en mille boucles capricieuses et bizarres. Les manches de sa chemise, d'une propreté extraordinaire, étaient retroussées au-dessus du coude, et laissaient voir ses mains brunes et couvertes de poix, ses bras nerveux et dont un poil fauve empêchait de distinguer la chair. Tout cela lui donnait un peu l'air d'un des singes de Decamps. Mais non, c'est un homme, un vieillard alerte, un savetier enfin à la gaîté verte et laborieuse, qui me rappela le joyeux compère du bonhomme La Fontaine.

La pluie cessait. Le travailleur ôta ses lunettes, consulta le ciel, se leva, et disparut un instant dans l'ombre du fond de son échoppe. Quant à moi, je ne sais quelle vague curiosité me tenait arrêté, mais je le regardais faire. Bientôt mon homme reparut, tenant à la main quelque chose de brillant qu'il frottait avec un soin tout particulier. Je fis un geste de surprise, c'était une paire de bottes vernies ! Une paire de bottes vernies dans cette échoppe enfumée, c'était une précieuse du faubourg Saint-Germain au milieu d'une taverne des halles. — Le vieillard sortit son corps voûté de la boutique, et suspendit la paire de bottes à un

fiché dans la toiture de bois.

Elles étaient donc là devant mes yeux, et je ne sais quel instinct secret me forçait à les examiner. Et puis mon étonnement redoublait à chaque seconde. Les bottes étaient d'une petitesse miraculeuse, d'une élégance sans égale ! Elles auraient dansé dans la babouche du roi Popocambou ; elles auraient chaussé sans peine l'exquise pantoufle de Cendrillon. Mes regards ébahis, intrigués, curieux, se promenaient de la tige au pied, du pied à la tige ! La tige était une branche de corail ; le pied eût terni l'éclat d'une perle de jais. Le poing se serait à peine logé dans l'étroit orifice. La cheville avait le diamètre d'un col d'oiseau. Rien de fier, de coquet comme le talon ! il eût fait trébucher l'admirable Lauzun lui-même sur les sables de Trianon. Rien de hardi, de cambré, de busqué comme ce cou-de-pied, dont la mesure semblait prise sur Vénus au sortir de la mer. La semelle n'eût pas caché une feuille d'hémoracle. Et la pointe donc !... ni ronde, ni pointue, ni carrée !... Non, un contour inconnu, aristocratique, merveilleux !... Une lame de dague, un bec de cygne, une tête de couleuvre verte !... — L'ensemble avait je ne sais quoi de gracieux, de minaudier, de fripon. A coup sûr, les bottes étaient un caprice, une fantaisie, car l'orteil d'un homme s'y serait trouvé mal à l'aise ; car jamais pied mignon de jeune fille, jamais pied rose d'enfant n'auraient pu les chausser !

Mais comment ces bottes étaient-elles là, balancées par tous les vents de la rue, à l'auvent criard d'une échoppe ?... Voilà ce que me demandait ma curieuse impatience. Le savetier était indigne de posséder ce trésor. Pouvait-il apprécier ce chef-d'œuvre d'art qui faisait rêver un chef-d'œuvre de la nature ?... C'est incroyable !...

Et cela était cependant.

Pour la seconde fois, je vis le bras s'allonger et suspendre une pancarte au-dessus des tiges de maroquin rouge.

D'un regard, je lus ces mots écrits en gros caractères :

« *Aux bottes vernies de Cendrillon !...* »

IV

J'aurais donné tout ce que je possède, j'aurais donné ma joyeuse humeur de la journée, pour soulever seulement un coin de ce voile qui s'appelle mystère, car il y avait un mystère ; les bottes avaient été portées, j'en étais sûr ; les semelles me montraient ces cicatrices bistrées que laisse le pavé des rues. Mais qui les avait gantées à son pied ?... — Elles ne s'étaient pas promenées toutes seules sur les trottoirs ?... Je tournais au magique, à l'absurde !... Le secret aiguillonnait ma curiosité, qui grossissait de seconde en seconde comme une marée montante. Semblables au sphinx devant Œdipe, les bottes semblaient me dire par leurs embouchures moqueuses : Devine, si tu peux ! — Demande ! murmura la fée dont j'étais l'hôte, et qui sans doute s'amusait de mes angoisses.

— Demandons, lui répondis-je en faisant un pas vers l'échoppe.

Oui, mais comment entamer cet entretien ? Le vieillard avait, il est vrai, la physionomie engageante. Parfois il me regardait d'un œil encourageant ; puis, sans plus s'inquiéter de ma présence, il se remettait au travail. Cependant les premiers mots m'embarrassaient. La question était si singulière ! Peut-être allait-on me prendre pour un mouchard à la recherche d'une conspiration de faubourg ? Enfin, j'avais besoin d'un prétexte, et je n'en trouvais aucun.

Le hasard me vint en aide. Mon savetier tira d'un vieux soulier une pipe courte et noire, qu'il se mit gravement à bourrer avec son large pouce. Bientôt le bruit d'une allumette chimique retentit sur le bois des volets, et quelques épaisses bouffées de tabac me voilèrent le visage du Jean-Bart à mine réjouie.

Mon prétexte était trouvé : je pris un cigare dans ma poche, et m'avançai sans hésiter vers la porte de l'échoppe.

— Bénie soit, me disais-je, la fraternelle familiarité des fumeurs... elle va me valoir une histoire et du feu.

Je n'avais pas encore ouvert la bouche, que le vieillard m'avait gracieusement tendu son BRULE-GUEULE.

Une fois mon cigare allumé, je me confondis en remercîments ; mais la maudite question échoua sur mes lèvres, et je restai court. Comment renouer l'entretien ? Là était la difficulté. Un instant encore, et la bienheureuse occasion s'enfuyait sans retour.

m'écriai-je en rougissant un peu de mon mensonge,

je suis éteint !

Pour la seconde fois, le vieillard m'offrit complaisamment sa pipe.

Il n'y avait plus à reculer. Tout en la rendant, je jetai quelques mots sur le quartier, sur ses habitants, sur ses mœurs. Pas de réponse. Ce n'était pas encore cela ; la tactique était mauvaise : il fallut en trouver une autre, et gagner du temps pour réfléchir. Je demandai du feu une troisième fois, une troisième fois le feu me fut donné sans qu'un mot sortît des lèvres du fumeur.

— C'est peut-être un sourd-muet ! pensai-je avec crainte. Essayons encore.

— Monsieur, lui dis-je, vous avez là pour enseigne une admirable paire de bottes?

Puis j'attendis sa réponse.

Le vieillard tourna la tête vers ces bottes mystérieuses, et les couvrit d'un regard plein d'expression douce et de pitié naïve. Enfin, il leva les yeux sur moi, sa bouche s'ouvrit. Je frissonnai : il allait parler.

— En effet, il me répondit d'une voix qui me sembla moqueuse et presque insultante :

— Monsieur, vous avez là un cigare bien difficile à allumer !

Le dépit m'inspira du courage ; et ce fut brutalement et tout d'un coup que je lui fis part de mon désir curieux et pressant.

A cet aveu, à cette prière, le visage du savetier se couvrit d'une amère tristesse. Je ne saurais dire quel accent bon et mélancolique il avait pour me répondre :

— Vous avez bien deviné, monsieur, ces pauvres petites bottes n'ont pas été faites pour orner une maigre et chétive échoppe. Leur semelle a foulé les tapis des salons. Un pied les a chaussées, un pied que la terre recouvre à cette heure ! Je vous aime, monsieur, pour les avoir remarquées ; pour avoir vaguement pressenti qu'il y avait là quelque chose simple et touchante histoire. Jamais je ne l'ai dite à personne ; à vous, j'aurai du plaisir à la conter. Entrez dans ma baraque, si sa misère ne vous répugne pas, et vous allez tout savoir. C'est un souvenir qui me coûtera quelques larmes, mais je suis sûr que vous ne rirez pas de la sensibilité d'un pauvre vieillard.

Ce langage m'étonna dans la bouche du savetier, et lorsque je me le rappelle, je crois que ma disposition d'esprit poétisait un peu les choses, que la fée d'Yorick me faisait tout voir et tout entendre à travers un prisme aux séduisantes couleurs. Tous les incidents de la journée avaient subi cette bienheureuse influence, et je les écris tels qu'ils sont restés gravés dans ma mémoire.

En achevant ces bienveillantes paroles, le vieillard avait entr'ouvert la petite porte de sa coquille de limaçon. J'aurais pu l'enjamber du reste ; car tout le devant de l'échoppe était ouvert, sauf un petit mur de bois qui ne s'élevait que jusqu'à la hauteur de la tablette sur laquelle travaillait le bonhomme. Enfin, je m'étais dans cette hutte qu'eût dédaignée le plus pauvre sauvage ! Au fond, un grabat recouvert d'une courte-pointe d'un bleu passé. Vers le milieu, un petit poêle de fonte où bouillottait le souper dans sa marmite de terre. Aux quatre murailles, de vieilles chaussures suspendues avec la symétrie de trophées d'armes antiques : et sur le plancher, un amas de souliers, de bottes, de cuirs, aussi accidenté, aussi pittoresque que la chaîne des Alpes et des Pyrénées.

— Vous me permettez de continuer ma besogne? dit le savetier en s'avançant sur un escabeau, sur lequel je m'assis machinalement et sans répondre un seul mot. La curiosité, la surprise me rendaient muet. Quant à mon hôte, il reprit sa forme, son fil et son tire-pied, puis il commença, avec la gravité d'Énée racontant à la reine Didon les aventures de ses voyages.

Tout ceci me revient confus et incertain comme le souvenir d'un songe... Enfin c'est, je crois, à peu près de la manière suivante que le bon vieillard me fit le récit de l'histoire promise.

V

Je n'ai pas toujours amarré mon embarcation de ce côté de la rue. Non, monsieur ; il y a quelques mois encore, j'abritais mon échoppe à la muraille de la belle maison d'en face. On a trouvé que je la déparais par mon voisinage, et le propriétaire m'a fait bannir jusqu'ici. La maison au bas de laquelle je me suis réfugié protège mal ma baraque, qui chancelle au moindre vent. Chaque orage l'ébranle ; il en viendra un qui dispersera mes planches au

loin ; celui de tout à l'heure a menacé mon arche vermoulue ! 'un terrible naufrage. Enfin, à la volonté du dieu des tempêtes!

J'étais donc, là-bas, plus sûr et plus tranquille. A cette époque, au premier étage, dont vous admiriez tout à l'heure le balcon de guipure, demeurait un jeune homme qui menait joyeuse et bruyante existence. C'était tous les jours, souvent même toutes les nuits, des chants de fêtes où se mêlaient les fraîches et riantes voix des jeunes filles du quartier. Tout ce bruit, tout ce mouvement me réjouissait le cœur. J'ai toujours aimé les gaîtés de la jeunesse, et, par-dessus tout, la vue d'un gracieux et joli visage de femme. Jugez si j'étais heureux! j'en voyais chaque matin, j'en voyais chaque soir passer de nouvelles devant les verres de mes lunettes !

Il vint pourtant un jour où tout cela cessa comme par enchantement. Le jeune homme même ne reparaissait plus qu'à de rares intervalles ; j'en cherchai longtemps la cause, et j'appris par le portier (que n'apprend-on pas par ces commères ?) les véritables motifs de ce changement subit.

D'abord un gros héritage avait été dévoré ; et, pour remplir de nouveau ce tonneau des Danaïdes, on attendait la riche succession d'un oncle d'Amérique, si tant est que l'espèce ne soit pas où est la race des carlins. Ensuite, il y avait un amour sérieux, lequel avait chassé la troupe des plaisirs. Le jeune homme s'enfermait souvent ; souvent le curieux concierge l'avait vu écrire de longues lettres de quatre pages, et la plume des amoureux a seule cette haleine intrépide. Un jour même, il avait été chargé d'en porter une à la petite boîte ; mais l'adresse disait bien peu de chose ; ces simples mots étaient sur l'enveloppe : « A Pervenche, poste restante. »

Un mois se passa ainsi.

J'étais assis un soir sur le devant de mon échoppe, la pipe à la bouche et les mains sur mes genoux, lorsqu'une voiture s'arrêta au seuil de la porte sculptée. Les stores étaient baissés. La portière s'ouvrit, le jeune homme sauta à terre, déroula avec empressement le marchepied, et tendit la main à une jeune fille, qui descendit aussitôt, leste et légère, mais si bien enveloppée de voiles que je ne pus distinguer seulement qu'une ombre toute petite, toute mince, toute mignonne, qui disparut rapidement dans la maison.

— Ah! ah! me disais-je, les oiseaux sont revenus au nid!

J'ai mes curiosités, comme le portier a les siennes. Tous deux nous fûmes pourtant déçus de notre espoir. Ni le jeune homme, ni la jeune fille ne ressortirent de longtemps. L'appartement était clos comme la grille d'un couvent. Personne n'entrait, si ce n'est dans l'antichambre, et seulement même pour apporter ce qui était nécessaire aux deux reclus, des mets délicats et des fleurs nouvelles. Il y eut des lettres envoyées, et des fournisseurs qui firent de courtes et mystérieuses visites. Jamais un coin du rideau ne s'entr'ouvrait sur le balcon. Les amants cachaient leur bonheur et leur amour à tous les regards indiscrets.

Le portier enrageait.

Au bout d'une quinzaine cependant, j'aperçus enfin le jeune homme, qui pour la première fois sortait de la maison, à la tombée du soir.

J'ouvris mes yeux aussi grands que possible... inutile peine, la jeune fille n'était pas là! Mais l'amoureux ne marchait pas seul... un tout petit jeune homme, un enfant presque, s'appuyait à son bras penché, et semblait se serrer, se blottir contre son compagnon. Tous deux passèrent si près de moi que je me vis forcé de reculer en saluant. Mes yeux s'étaient involontairement baissés vers le trottoir, et ce fut alors que j'aperçus pour la première fois ces pauvres petites bottes, qui semblent à cette heure m'écouter en souriant.

Vous ne voudrez pas croire, monsieur, ce qui se passa en moi à cette vue. Vous ne savez pas qui je suis ; vous ignorez mon histoire, qui serait trop longue à vous raconter. Apprenez seulement, et croyez-moi, que je n'étais pas né pour être ce que vous me voyez aujourd'hui. Que voulez-vous? le destin fait les rois et les savetiers! Enfin, tout cela n'est de rien au récit. Sachez seulement qu'autrefois j'ai aimé en artiste tout ce qui est beau, gracieux, élégant. Plus tard, devenu bottier, ces goûts m'ont donné une manie à l'endroit de la seule partie du corps humain à laquelle j'ai tous les jours affaire. Oui, monsieur, il peut y avoir de l'art à tailler le cuir comme à sculpter le marbre. Pas un homme, pas une femme ne passent devant moi sans que je ne fasse attention à leurs pieds. Quand parfois je me hasarde dans les riches quartiers de Paris, je reste des heures entières devant les élégants étalages de mes confrères à la mode... Riez, je vous le permets, mais cette folie me suit et me fait seule supporter mon ignoble travail. La nature m'a placé des instincts artistiques dans le cœur, et ces instincts endormis se réveillent jusque chez le pauvre et obscur savetier !

Jugez donc, monsieur, de ce que j'éprouvai ce soir-là ! C'était l'admiration, la suave extase dont vous inonde, vous, l'aspect d'une toile de Raphaël ou d'un marbre de Canova. Enfin, vous les avez vues... vous les voyez encore... Les voilà. ; Vous avez subi vous subissez toujours leur charme magique !

Quant à moi , j'attendis en rêvant leur retour jusqu'à l'entrée de la nuit. Vers une heure du matin, les deux jeunes gens repassèrent. Par malheur, le ciel était sombre et noir, je pus à peine les deviner, et je me retirai tout chagrin dans mon échoppe.

Le troisième soir seulement le jeune homme ressortit ; cette fois la jeune fille était avec lui. Le concierge les accompagna jusqu'au seuil avec force saluts. Le malin cerbère cherchait à entrevoir ce visage mystérieux, qui, alors encore, était caché sous un voile long et épais. Je vous ai déjà dit que j'étais presque aussi curieux que mon curieux voisin. Je vis donc comme lui ; comme lui il me fut impossible de rien distinguer. C'était une jeune fille d'une taille toute petite et toute frêle, mais ravissante de grâce et d'élégance. Elle ne marchait pas, elle semblait glisser sur la terre. Son corps souple et svelte avait l'imperceptible balancement de la feuille au milieu d'un air calme. Tout en elle était charme et distinction. Et l'on ne voyait rien de son visage !... Moi, ce qui me tentait surtout, vous le devinez sans doute ?... Je baissai donc les yeux. Aussitôt je fis un geste de surprise et d'ad, miration !...

Il n'y avait que ces deux pieds-là qui pouvaient chausser les bottes vernies de l'avant-dernier soir !...

L'enfant et la jeune fille, c'était la même et mignonne créature !

VI

Les deux amants étaient devenus moins craintifs. Tous les jours ils sortaient, et tous les jours je voyais passer, tantôt de petits brodequins noirs, tantôt les bottes vernies que personne à présent ne verra plus mettre sur cette terre. C'était un moment délicieux pour moi ! je m'étais fait une douce habitude de les regarder les uns et les autres. Cependant les bottes avaient toujours la préférence, par droit d'ancienneté d'abord ; je les appelais mes premières, mes plus chères amours !

Je ne négligeai pas pour cela le visage de Pervenche, — c'était le nom de la jeune fille; mais un voile épais le cachait toujours lorsqu'elle avait le costume de son sexe ; et quand elle portait quelque élégante redingote, un mouchoir de batiste me dérobait presque entièrement ses traits. N'importe !... je voyais son pied chéri, et j'étais content.

Cette folie de vieillard me faisait oublier mes chagrins ; car j'avais des chagrins alors. Le propriétaire me persécutait pour me faire déloger. Cette espèce d'exil me brisait le cœur. Il y avait quinze ans que j'étais à cette place, et dix ans que la haute muraille m'abritait du vent et du soleil. Enfin, il fallut céder. Le portier, mon voisin, vint me signifier qu'on ne m'accordait plus qu'un jour. Je me désespérais ; alors, ce messager de malheur me dit :

— Vous n'êtes pas le seul forcé de partir aujourd'hui ?

— Comment cela ?... demandai-je.

— Il y a aussi des larmes et des gémissements là-haut, au premier.

Je m'écriai aussitôt :

— Chez Pervenche?

— Oui, camarade, me répondit le portier, il est arrivé une lettre des colonies. Il faut que l'amoureux aille dans ces climats-là et que mademoiselle Pervenche reste seule. A ce soir, le départ et la séparation !

— Pauvre enfant ! murmurai-je. Allons je n'ai plus droit de me plaindre du sort ; je ne suis pas le plus malheureux !...

Mon déménagement ne fut pas long. Le soir même, mon échoppe était à la place où vous me voyez maintenant. A peine étais-je installé, qu'un fiacre s'arrêta à la porte en face. Je vis descendre des malles, et puis enfin le jeune homme, qui se jeta

dans la voiture, et la voiture qui repartit aussitôt.

Pauvre jeune homme !... Il pleurait, monsieur, il pleurait !... Je l'aperçus longtemps le corps penché à la portière, et la main étendue en signe d'adieu vers la maison.

Je regardai le balcon : Pervenche était là. Pauvre Pervenche !...

C'était la première fois que je pouvais bien la voir et l'admirer... Oh ! monsieur, quelle séduisante figure d'ange ! Un teint blanc et transparent ; une bouche petite et serrée comme une rose à peine entr'ouverte ; des yeux bleus, qui brillaient à travers ses larmes où venaient se baigner les grappes dorées de sa chevelure blonde ! Quelle douce et suave enfant !

Elle était là, palpitante et brisée, à moitié couchée sur ce coin du balcon, agitant un mouchoir vers l'extrémité de la rue où la voiture fuyait avec rapidité.

Tout à coup elle jeta un cri déchirant !... La voiture venait de disparaître.

C'était son cœur de seize ans qu'elle avait senti partir.

Jusqu'au milieu de la nuit, elle resta sur le balcon debout, immobile, et fixant à l'horizon ses yeux mornes et désespérés.

Tant qu'elle fut là, je ne bougeai pas moi-même ; et je ne rentrai enfin dans mon échoppe que lorsque je vis son peignoir blanc glisser sur le balcon de pierre, et s'abîmer dans la maison comme le fantôme de quelque âme errante et éplorée.

VII

Des jours se passèrent, puis des mois, enfin je comptai une année. Le soir de l'anniversaire du départ, nous nous retrouvions tous deux, et seuls : Pervenche sur son balcon, moi devant mon échoppe.

Mais moi j'étais toujours le même vieillard ; quelques cheveux noirs de moins, quelques cheveux blancs de plus, voilà tout. Tandis que Pervenche !... Oh ! ce n'était plus la rose de mon existence fille au riant sourire, aux yeux bleus et doux ! J'avais vu d'heure en heure la fleur faner et se flétrir. Maintenant elle retombait languissante et effeuillée sur sa tige. Oh ! comme elle avait souffert, la pauvre abandonnée !... J'avais suivi, moi, d'un œil inquiet et ami, toutes ses tortures, toute sa longue agonie ! J'avais vu pâlir sa pâleur, brunir le cercle brun qui creusait, larmes par larmes, la joue amaigrie au-dessous de ses yeux éteints et désespérés ; son visage me disait chaque soir l'histoire de la journée ; chaque matin l'histoire de la nuit. Non content de ce muet langage, j'interrogeais souvent le concierge, mon voisin. Il n'était pas arrivé une seule lettre depuis un an ! Etait-ce un naufrage ? était-ce un oubli ?... Devais-je en prendre à l'inconstance de l'homme ou aux flots de la mer ?... Toujours est-il que Pervenche se mourait, et que j'aimais Pervenche comme un père aime sa fille !...

Ce n'était pas tout encore, la misère approchait !... On devait deux termes au propriétaire, qui, déjà, parlait d'huissiers et de saisies ! Qu'allait devenir la pauvre enfant ? J'étais son seul ami ; ami inconnu, misérable, et qui ne pouvait la sauver. Son existence allait être plus affreuse encore. Ce n'était pas assez de cet horrible isolement qui la vieillissait d'une année par jour. Figurez-vous, monsieur, une jeune fille de seize ans, seule, absolument seule ! A cet âge-là, le plaisir et l'amour sont aussi nécessaires que l'air et que le pain. Ce n'était pas assez de tout cela ; la misère arrivait, qui allait me la tuer !... Oh ! mais non ! me disais-je, cela ne sera pas !

Pendant les six premiers mois, elle ne sortait point. Plus tard, elle eut la fantaisie de rares et courtes promenades. Peu à peu, elles devinrent plus fréquentes. Je en remarquai avec plaisir. Un jour, je m'aperçus qu'elle cachait sous son châle un petit paquet enveloppé dans un foulard ; une heure après elle rentra, mais le paquet avait disparu. Depuis, bien souvent, je fis une semblable remarque... Où allait-elle ainsi ?... Je ne pouvais le deviner... Le concierge qui, d'abord, lui avait fourni tout ce qui lui était nécessaire, se refusait maintenant à risquer un plus long crédit... Peut-être était-ce à ses petites provisions qu'elle se rendait ainsi presque tous les jours. Mais alors, pourquoi ces paquets au départ, et ces mains vides au retour? Je ne savais que penser... Quelquefois l'idée m'était venue de la suivre, et j'avais repoussé cette idée-là loin de moi. Pendant ce temps-là, comme vous voyez fuyaient rapidement ; et tous les malheurs augmentaient, la colère du propriétaire, l'absence de l'amant, la maladie de la jeune fille, mon désespoir, à moi, que personne ne remarquait, pas même elle, hélas!

Un matin que j'étais à mon travail, je vis avec surprise Pervenche sortir de la maison. Sept heures venaient à peine de sonner. Quoi donc pouvait la faire sortir si tôt? Un gros paquet sortait au-dessous des franges de son châle. Au lieu de suivre le trottoir comme à l'ordinaire, elle traversa la rue, et vint droit à mon échoppe. Je crus rêver... Mais non, c'était bien à moi qu'elle en voulait. Je me sentais interdit et tremblant comme un amoureux de vingt ans à son premier rendez-vous. Elle aussi! je ne sais quelle émotion timide et craintive faisait battre son petit cœur; car je voyais ses joues se couvrir de rougeur à mesure qu'elle avançait. Enfin elle arriva ici, près, tout près de la petite porte. Sans dire un mot, elle me tendit une bottine verte, dont le cuir était déchiré. Je compris son embarras, et, pour lui éviter la honte de me dire ce qui l'amenait, je m'empressai de répondre en balbutiant :

— Dans... une heure.

— Bien! murmura-t-elle à son tour... merci!

Et elle s'enfuit en jetant un regard rapide autour d'elle, dans la crainte d'avoir été aperçue.

Quant à moi, je restai quelques minutes immobile et ravi, avec la petite bottine à la main.

Je tenais donc enfin quelque chose où ce pied divin s'était niché!... Je le palpais, je le retournais en tous sens; je l'admirais avec autant d'amour que le prince du conte en ressentit en ramassant la précieuse pantoufle de Cendrillon.

Vous dire les soins, les égards, le plaisir, l'art que je mis à mon ouvrage, ce serait impossible. Au bout d'une heure, la bottine était neuve : l'œil le plus exercé n'aurait pu trouver cette reprise, déguisée cent fois mieux que celle d'une habile ouvrière en dentelle. Je contemplais mon travail avec joie, avec orgueil!

Devais-je attendre qu'on vînt chercher la bottine?... Etait-il convenable de la porter moi-même?... Quelle fête pour moi que de pénétrer dans le sanctuaire de Pervenche!... Mais j'avais une si grande peur d'être indiscret!... Et puis, j'ignorais si elle était rentrée...

Comme je réfléchissais à tous ces détails, Pervenche repassa rapidement devant mon échoppe, en me jetant ces mots :

— Ne me rapportez pas cela maintenant... dans deux heures.

A peine avait-elle achevé cet ordre, que déjà elle avait disparu dans la maison d'en face.

— Tiens, me disais-je tout chagrin, pourquoi donc ce retard?... N'a-t-elle pas d'argent?... Alors, je vais courir chez elle... Mais si elle en attend dans deux heures, il ne faut pas blesser son amour-propre... Attendons aussi.

Cependant elle m'avait autorisé à aller chez elle. J'allais donc voir cette retraite que pendant longtemps l'amour avait embellie, dont la solitude devait, depuis une année, avoir fait pour elle une horrible prison, un vaste et insupportable cachot!

Vous ne sauriez comprendre toute ma joie, toute mon impatience!...

Un peu avant neuf heures, je la vis ressortir avec le même paquet que j'avais remarqué le matin sous les plis de son châle. Quarante-cinq minutes s'écoulèrent; oh! je les ai comptées aux battements de mon cœur!... Enfin, elle reparut, allégée de son fardeau, comme toujours.

— Venez... me dit-elle avec un geste bon et gracieux.

J'étais au premier étage en même temps que la svelte jeune fille qui, cependant, avait gravi l'escalier en courant avec la légèreté d'une gazelle.

C'est là que mon vieux cœur battit!...

Nous traversâmes plusieurs pièces qui, depuis bien des mois, semblaient inhabitées. Toutes étaient propres et rangées comme une cuisine flamande. Je lui en sus gré; car il y avait longtemps que je l'en avais vue l'unique ménagère, grâce au refus du concierge devenu créancier.

Enfin elle m'introduisit dans sa chambre à coucher.

J'entrai avec hésitation, avec respect en saluant certes plus bas que je ne l'eusse fait devant le trône du roi le plus terrible.

La fenêtre donnait sur ce coin du balcon où elle avait vu son amant pour la dernière fois; où moi, pour la première fois, je l'avais contemplée dans la touchante beauté de son désespoir.

C'était à cette chambre, encore pleine des souvenirs du bonheur passé, que Pervenche avait borné sa demeure.

Rien de joli, de coquet, comme cette retraite de la pauvre délaissée.

Elle jeta son châle sur la couchette, et chercha vivement dans son sac pour ne pas me faire attendre, la bonne demoiselle!

Elle était au-dessus d'une petite console. En tirant son mouchoir, quelques pièces de menue monnaie roulèrent sur le marbre; puis un papier plié en quatre, papier grisâtre, épais, mais au travers duquel se devinent des barres et des caractères grossiers.

Pervenche devint toute rouge et le resserra avec précipitation dans son sac.

Il était trop tard, et j'avais déjà compris l'histoire des paquets que je voyais toujours sortir, et jamais rentrer au bras de la jeune fille.

Je venais de reconnaître avec douleur un de ces papiers que nous autres, pauvres gens des grandes villes, nous connaissons si bien!...

C'était une reconnaissance du mont-de-piété!...

VIII

Que de mal me fit cette triste découverte!... J'aimais cette chère et douce enfant d'un amour tout paternel. Comment cela s'est-il fait? je l'ignore... mais elle était devenue nécessaire à mon existence. Sa pensée charmait ma vieillesse; son souvenir était le compagnon fidèle de mon travail. En la voyant, mon cœur était réjoui. Je pleurais de mes chagrins, je souriais de son sourire, aussi rare, hélas! qu'un rayon de soleil en janvier.

Et puis, je ne vous ai pas tout dit : souvent elle jouait du piano, parfois même elle chantait vers le soir. Je passais des heures entières à l'écouter, longtemps, longtemps encore après qu'avait cessé le chant de sa voix divine et de son instrument désolé. J'écoutais dans cette bienheureuse et naïve extase qui rend si touchants les ouvriers, ces bons bourgeois qui jouissent, sans y rien comprendre, des talents dont ils ont gratifié leurs fils et leurs filles.

Cependant Pervenche revenait souvent à mon échoppe. Elle sortait peu, mais avant d'avoir recours à moi, elle avait usé toute la garde-robe de ses pieds mignons. C'étaient des raccommodages impossibles, et dont je venais à bout pourtant à force de temps et de soins. Les jours où je lui rapportais quelque ouvrage me semblaient des jours de fête. Peu à peu elle m'adressa quelques mots bienveillants; j'aurais payé chacune de ses paroles d'un mois de ma vie.

On vante la diplomatie de certains cabinets de l'Europe! Ah! qu'elle est loin de celle que j'employai pour lui persuader que je n'avais pas à recevoir de petites sommes.

— C'est, lui disais-je, me rendre un service que de me payer, de loin en loin, plusieurs notes à la fois. Je n'ai pas d'ordre, je dépense tout au cabaret; ne me donnez pas d'argent, je vous en prie, mademoiselle.

Je lui disais cela, monsieur, moi, moi qui ne bois que de l'eau!

Un jour, j'allais lui remettre une paire de bottines, qui n'existait plus que par artifice et par magie. Je sonnai, on ne répondit pas. Deux ou trois autres tentatives obtinrent le même résultat. Cependant j'étais certain qu'elle ne devait pas être sortie. J'essayai de tourner le bouton de la serrure, la porte s'ouvrit. Je traversai toutes les chambres en frappant successivement à chaque porte, et sans que personne ne donnât signe de vie... Enfin j'arrivai à la chambre à coucher.

— Entrez! dit une voix faible et éteinte.

J'entrai d'un bond dans la chambre. Un triste pressentiment m'avait serré le cœur!

Pervenche était couchée dans son petit lit blanc... sa pâleur m'épouvanta... La mort semblait avoir déjà touché ce front de dix-sept ans.

— Pardon! murmura-t-elle, pardon!... depuis deux jours je suis souffrante, et je ne me suis pas levée... vous allez me prendre pour une paresseuse?...

Cette fois notre entretien fut long et animé. Bon gré, mal gré, il fallait que Pervenche consentît à m'accepter comme commissionnaire et comme intendant. Nous convînmes qu'elle garderait le lit, tandis que j'irais chercher tout ce dont elle aurait besoin; et, dès le jour même, j'entrai en fonctions. Avec quel bonheur je m'acquittai de cette tâche!... Quelle joie maligne et délicieuse, lorsque je lui faisais payer, à la moitié de leur valeur, les choses nécessaires à sa santé, et souvent même des fruits, des fleurs, des friandises que la pauvre malade n'eût pas osé certes demander !.

La première fois qu'elle m'appela son ami, je crus que j'allais devenir fou !...

Oh ! oui, j'étais son ami !... j'en prends à témoin mes angoisses, qui croissaient aussi rapidement que le mal terrible dont elle était dévorée !...

Un matin, le concierge me dit :

— Le propriétaire s'impatiente; il faut que mademoiselle Pervenche aille à l'hôpital...

— A l'hôpital ! m'écriai-je avec un accent terrible. C'est bon pour nous, mais elle !... et je m'élançai vers l'escalier.

Il était temps, le propriétaire était déjà dans l'antichambre.

— Pas un pas de plus ! lui dis-je avec un mépris écrasant. Vous n'avez point de pitié !... Je sais que la prière est inutile ! Eh bien ! je vais vous payer, moi !...

Le misérable me rit au nez pour toute réponse. Aussitôt je lui répondis d'un ton qui fit brusquement cesser son ironique gaîté :

— Je parle sérieusement. Attendez deux minutes et je reviens.

Je courus à mon échoppe. Il y avait à cette époque, au chevet de mon lit, une tirelire de faïence où, depuis quinze ans, je mettais mes économies de chaque semaine. D'un coup je la brisai...

Mon trésor se montait à 600 francs, à peu près. Six cents francs ! c'était le prix des deux termes échus. Mais le reste !... La maladie coûte cher !... Je jetai un triste coup d'œil sur ma baraque. A peine suffisait-elle pour me loger ! Ce jour-là, seulement, j'ai regretté amèrement de ne pas être plus riche !

— Allons !... dis-je avec un soupir, il faut que le propriétaire se contente de la moitié.

Je réussis à peine ; enfin, je réussis, et je rentrai rayonnant chez ma Pervenche.

— Qu'y a-t-il ? me demanda-t-elle.

— Rien !... répondis-je d'un air indifférent. Le propriétaire qui voulait vous rendre visite... J'ai pensé que cela vous contrarierait, et je l'ai renvoyé.

— Merci, mon ami !... murmura-t-elle avec un sourire qui me paya mille fois ma vieille tirelire.

Jamais, je vous le jure ! elle n'aurait rien su de tout cela, monsieur. Mais il me fallut retourner à mon échoppe. N'était-ce pas pour elle que j'allais travailler désormais ?

Par malheur, les portiers sont si bavards que le soir, à mon retour, elle avait appris tous les événements de la matinée.

— Je sais tout ! me dit-elle d'une voix que j'ai encore dans l'oreille et dans le cœur.

— Quoi donc ?... demandai-je en rougissant.

— Allons, pas de mensonge !... poursuivit la jeune fille. Venez près de moi, que je vous remercie !...

Il n'y avait pas moyen de nier, et je répondis :

— Ne parlons pas de cela maintenant !... Plus tard ! Ce qu'il faut, c'est vous bien soigner et ne pas avoir trop de honte d'accepter les services d'un pauvre savetier !...

En disant cela, je m'étais approché de la couchette. Tout à coup Pervenche se souleva, me saisit rapidement la main et me l'embrassa !...

Oui, monsieur, elle me l'a embrassée !... Ses lèvres roses et fraîches ont touché cette main noire et poilue, cette main qui sent le cuir et que la poix rend gluante; cette main-là Pervenche l'a embrassée !...

En achevant ces paroles, le bon vieillard éclata en sanglots. Quant à moi, je n'avais plus besoin de la fée de Sterne pour me faire pleurer. Mes larmes coulaient avec abondance.

Je saisis à mon tour la main qu'il me montrait avec orgueil, et je m'écriai d'une voix partie du fond de mon cœur :

— Oh !... tenez... Vous êtes un brave homme.

IX

Il y eut un long silence.

On n'entendait plus dans l'échoppe que le bruit de nos poitrines palpitantes et oppressées. Ni le vieillard, ni moi, n'avions plus la force de parler ; l'émotion nous étouffait.

En ce moment, j'aperçus un homme qui marchait rapidement sur le trottoir. Il était en costume de voyage et tout couvert d'une épaisse couche de poussière.

Je le vis disparaître, en courant, sous la porte de la maison d'en face; mais ce fut à peine si je remarquai cette courte et fugitive apparition. Le vieillard avait essuyé ses larmes et reprenait son touchant récit.

X

Désormais j'avais le droit de me présenter chez Pervenche quand je le désirais. Plus d'entraves à mon amitié ! Je pouvais soigner, veiller, consoler la pauvre malade, qui, triste et sans volonté, m'abandonnait une autorité pleine et entière. J'étais le maître, le roi absolu dans sa chambrette, et j'abusais quelquefois de mon pouvoir despotique pour la contraindre à prendre tous les ménagements, tous les soins, toutes les précautions qu'exigeait sa chère et fragile santé.

Elle se plaisait à faire tout ce que je demandais, à m'obéir comme un enfant obéit à sa mère aux heures de souffrance. Mais, hélas ! malgré ma tendresse attentive, malgré sa charmante soumission, elle dépérissait, elle s'éteignait de jour en jour. Son visage amaigri prenait un aspect si délicat, si frêle, qu'on eût craint de le voir se fondre et se briser au moindre contact, au plus léger toucher. Je tremblais lorsque je la voyais s'appuyer en équilibre sur sa main longue et diaphane. Des reflets pâles et bleuâtres jetaient un voile sinistre sur la mate blancheur de sa peau, jadis si rose et si riante. Plus de grappes bouclées à sa blonde chevelure, qui maintenant retombait en bandeaux mornes et ternes autour de son front. Et sa petite bouche, donc !... Cette fleur à peine épanouie !... elle ressemblait maintenant à ces boutons coupés sur la tige, que jette à terre la main destructive de quelque enfant, fléau des jardins. Le bouton meurt avant d'avoir vécu, et bientôt se perd parmi les feuilles mortes dont il prend les couleurs brunes et désolées !...

— Je ne saurais vous dire quelle lumière languissante, humide, rêveuse, angélique, baignait ses yeux incertains et à peine entr'ouverts. Déjà elle entrevoyait, à travers ses paupières transparentes, les plaines du ciel, sa première, sa seule et véritable patrie !...

Elle se mourait, monsieur, elle se mourait à dix-sept ans à peine !... C'était une douce et calme agonie qui dura près d'un mois, et qui pourtant ne m'a pas tué avec elle !

J'étais allé prévenir des médecins, il se passa plusieurs jours avant qu'un seul se rendît à ma prière. Ces messieurs n'aiment pas à se déranger, lorsque celui qui les est venu requérir porte la veste et la casquette de l'ouvrier. La médecine fut, dit-on, une science, une sainte mission ; aujourd'hui, ce n'est plus qu'un métier, un trafic. On les renomme, on les vante, on les décore, dès qu'ils ont une clientèle nombreuse et des bénéfices splendides. Ils s'enrichissent, mais aucune voix ne les bénit plus !... Enfin il en vint un dans un luxueux équipage. Sa première question fut de demander si la malade existait encore. Heureusement ce n'était qu'au premier étage; il daigna monter.

Pervenche frissonna à son aspect. C'était un homme dur, sec et froid. Sa visite fut courte, insignifiante, et je ne le revis plus.

Deux autres eurent encore la bonté de venir. L'un qui faisait parade de franchise et de brusquerie ; dit sa pensée tout haut et tout brutalement : sa pensée était un arrêt de mort. Ce fut un arrêt terrible pour la jeune fille.

Quant à l'autre, ce fut pis encore. C'était un homme gros, rouge et jovial. Il adressa à la malade des questions déplacées, qui ramenèrent une dernière fois de vives couleurs sur ses joues d'albâtre. Puis, sous prétexte d'auscultations, que sais-je !... Pervenche jeta un cri !... Celui-là, je le mis à la porte. Elle m'en remercia en me disant avec un sourire amer :

— Plus de médecins, je vous en prie !... leur science est impuissante et leur vue me fait mal.

Je pensais comme elle. C'était au cœur que le mal faisait ses ravages. Dieu seul pouvait le guérir.

Le soir même, je courus à Notre-Dame-de-Lorette, la paroisse la plus voisine de mon échoppe. Il y avait près de vingt ans que je n'avais mis le pied dans une église. Celle-là était pleine d'une foule élégante et brillante. A la porte, les équipages formaient un triple rempart. Il m'avait fallu faire mille détours avant de pénétrer dans le temple. Dans l'intérieur, ce fut pis encore. On eût dit le salon d'un jour de fête. Une musique joyeuse chantait. Les gens se saluaient du geste, et causaient de toutes parts presque à voix haute. Moi, je voulais prier. Impossible de s'agenouiller sur les côtés regorgeant d'une foule compacte et debout. Vers le milieu, il y avait des chaises, et par conséquent plus d'espace. Une barrière en bois les entourait. Je la traversai rapidement et me mis à genoux. A peine avais-je tracé le signe de la croix sur ma poitrine, que je me sentis frapper sur l'épaule. Un homme habillé de noir était là qui me tendait la main. Je ne compris pas d'abord; c'était de l'argent qu'on me demandait. Il faut payer la place de ses genoux dans la maison de son Dieu. Mes poches étaient vides. Je le dis à l'homme noir.

— Alors, sortez d'ici! me répond-il brutalement.

Ce bruit avait attiré l'attention de mon côté, et des regards de dégoût humiliaient ma misère dans ce lieu, où tous doivent être égaux, doivent être frères!...

— Hors la barrière!... me répéta la même voix.

Je me levai, confus, rougissant. La foule gantée s'écarta comme sur le passage d'un lépreux. Je courus, interdit, honteux, par ce chemin qui se refermait derrière moi, et j'arrivai ainsi jusqu'au seuil de l'église; mais j'étais hébété, fou, et je courus encore jusqu'au clos Saint-Lazare, avec l'effroi d'un chien poursuivi par les cris de toute une ville. Là seulement je m'écriai :

— Hommes!... ma prière n'a pas plus besoin de vos temples de marbre et d'or que Pervenche n'a besoin de votre science menteuse pour renaître et pour vivre!...

Et je tombai à genoux sur la terre, sans murmurer un seul mot de prière, mais les mains jointes, les yeux fixés avec angoisse sur la première, la seule étoile qui commençait à s'allumer dans le ciel.

XI

Je restais donc seul à Pervenche, et seul je l'aurais sauvée si j'eusse pu sans cesse rester près d'elle ; mais il me fallait songer au travail. La maladie se prolongeait, je voyais de jour en jour diminuer mes ressources, et mon activité devait les renouveler autant que possible. C'était là tout notre avenir.

J'avais donc arrangé la distribution de mon temps de manière à ne pas perdre une seule minute.

Le matin, je me levais avec le jour. Jusqu'à neuf heures, je travaillais sans relâche. C'était alors le moment de mon déjeuner. Je l'employais à faire le ménage et les petites commissions de ma fille. Je lui donnais ce nom chéri, seulement à part moi, et jamais devant elle ; j'avais si grand'peur de l'humilier ! A dix heures, je me remettais à la besogne jusqu'à trois. C'est alors que j'avais l'habitude de prendre mon dîner. Je retournais voir et consoler la malade. Enfin, je revenais à quatre heures à mon échoppe, pour ne plus la quitter que lorsque la nuit m'empêchait de continuer mon ouvrage.

Mais quand donc mangiez-vous? allez-vous me dire. Eh ! mon Dieu! tout se maniant mon alène. C'était bientôt fait, allez. Un morceau de pain, un verre d'eau. J'économisais le temps et l'argent. Eh bien ! jamais de ma vie je n'ai fait d'aussi bons repas que ceux-là.

Les soirées, par exemple, je les passais au chevet de Pervenche. Je restais là jusqu'à ce que le sommeil vînt fermer ses paupières; alors je gagnais le salon sur la pointe du pied, et je me couchais en travers de la porte, afin de pouvoir m'éveiller au moindre bruit.

Souvent nous causions très tard. La malade souffrait beaucoup et dormait très peu. Mon bavardage l'amusait. En m'écoutant, elle disait oublier la douleur. Jugez si je me creusais la tête pour trouver chaque soir quelque chose de nouveau à lui conter pour l'assoupir.

Elle avait voulu savoir comment et pourquoi je l'aimais; car mon affection lui semblait une énigme impossible à deviner. Moi, je lui avais tout dit naïvement, comme je viens de vous le dire. Aux premiers mots, je la vis sourire; mais je ne pus achever ; elle se mit à pleurer. Bonne et chère fille!

Lorsque son émotion fut un peu dissipée, elle m'attira vers elle et voulut un baiser de mes lèvres sur son front brûlant. Je n'osais pas; mais elle m'assura que cela lui ferait du bien, et je l'embrassai.

Je n'ai pas besoin de vous dire l'ineffable joie qui m'inonda le cœur.

Ensuite, elle m'indiqua du doigt une haute armoire, et me dit de chercher sur le dernier rayon. Je lui obéis. L'armoire était vide, et j'aperçus seulement dans ce désert d'acajou les petites

bottes vernies, mes anciennes amours.

A cette vue, un cri involontaire s'échappa de mes lèvres entr'ouvertes.

— Je vous les donne, me dit Pervenche, heureuse de pouvoir me donner quelque chose.

— A moi!... m'écriai-je d'un ton qui signifiait : Je ne crois pas à tant de bonheur.

— A toi! poursuivit-elle avec plus de force. Oui, à toi, mon ami, mon père! C'est la seule chose qui me reste : c'est mon seul héritage, et n'es-tu pas mon unique héritier? Ne m'interromps pas... je sais ce que tu vas me dire. Mais je veux, et tu me feras bien plaisir en acceptant ce qui sourit si fort à tes facultés d'artiste et de vieillard. C'est à elles que je dois de t'avoir connu. J'exige plus ; écoute : il se peut que nous soyons séparés, et que tu restes seul et pauvre... Allons, ne pleure pas, tu me ferais pleurer...

Des larmes prêtes à s'échapper rentrèrent comme par magie sous mes paupières.

Pervenche continua.

— Alors, je veux que tu les suspendes à ta boutique, avec une enseigne qui dira aux passants ce surnom de Cendrillon que tu m'avais donné à cause d'elles... Entends-tu, père, je le veux !

J'allais parler, moi!.., dire... que sais-je! J'avais le cœur plein de tendres inquiétudes, de reconnaissance profondément sentie. Je voulais la remercier, la consoler, l'empêcher de croire à cette séparation dont elle m'effrayait.

Pervenche ajouta encore :

— Pas un mot, je t'en prie!... Emporte-les dès ce soir. Moi, je me sens la tête lourde et les paupières appesanties... Je vais dormir. Bonne nuit, mon père... A demain !

En disant cela, elle fermait les yeux, et faisait le nid de sa tête dans l'oreiller.

Je serrai contre mes lèvres la main qu'elle me tendait sur le drap blanc de son lit ; puis je saisis du bout de mes doigts la paire de petites bottes, et je m'enfuis dans le salon en retenant mon haleine, de peur de faire le moindre bruit.

La nuit, je ne dormis pas... Elles étaient là, à moi ! près de moi !

Aux premières lueurs du jour, je les portai dans mon échoppe, où je les cachai sous la courtine bleue de mon grabat.

L'avare n'est pas plus jaloux de son trésor !

Oh! monsieur, si vous les voyez là, exposées à tous les regards ! c'est que telle fut la volonté de Pervenche... Sans cela, jamais autres yeux que les miens ne se seraient mirés dans leur vernis éclatant et poli comme la surface d'un miroir.

XII

Nous vécûmes ainsi quinze grands jours. Le mal faisait des progrès effrayants. A chacune de mes visites du matin, je restais frappé de stupeur au seuil de la chambrette. Plus de joies, plus de douces et longues causeries. J'étais en proie à une tristesse accablante, à un morne désespoir.

Cependant j'abordais toujours la mourante avec un front que je m'efforçais de rendre joyeux et souriant. Mon unique pensée était de lui cacher mes chagrins et mon effroi ; de lui faire croire à un espoir, à une confiance qui étaient, hélas! bien loin de mon cœur.

Chaque nuit, ses pauvres yeux bleus se cavaient davantage. Son regard n'était plus qu'une étoile pâlissant aux premiers rayons de l'aurore qui s'éteignait au fond des orbites violets et profonds. Sa maigreur incolore lui donnait l'aspect fatal d'un spectre. Pervenche, ma Pervenche, n'était plus qu'une ombre insaisissable et déjà prête à s'envoler. Ses pieds seuls habitaient encore la terre; déjà son âme avait fui vers les anges, ses sœurs, qu'elle voyait parfois dans ses rêves l'appeler vers le ciel en agitant leurs ailes.

Souvent, la nuit, il me semblait entendre comme le bruit d'une porte ouverte avec précaution dans la chambre à coucher. J'avais examiné la muraille : elle était recouverte d'une boiserie; pas de serrure, aucun intervalle! Je crus m'être trompé. Mais une nuit je fus réveillé de mon léger sommeil par un choc lourd et soudain. C'était le bruit d'un corps tombant sur le plancher. J'avais bien entendu; cette fois je n'étais pas le jouet d'une erreur. Sans hésiter, j'ouvris la porte.

La lueur de la veilleuse me permettait de voir dans la chambre, ou du moins de distinguer les objets au milieu d'un demi-jour incertain. Je regardai...

Quelque chose de blanc était étendu à terre. Je frémis en reconnaissant Pervenche évanouie. Au-dessus d'elle, un panneau de la boiserie me sembla entr'ouvert. Je le poussai, il y avait là une longue et étroite cavité. J'approchai la veilleuse. Au fond, était le portrait d'un jeune homme. Je reconnus l'amant qu'elle pleurait.

Plus de doute, de là venait le bruit qu'il m'avait souvent semblé entendre. La mourante se levait toutes les nuits pour contempler ce visage adoré. Cette fois, la force lui avait manqué. Elle était tombée en ouvrant le panneau secret.

Imprudente et folle enfant !...

— Pardon ! murmura-t-elle dès qu'elle fut un peu revenue de son évanouissement. Pardon, ami ! c'était mon seul bonheur ; et je ne voulais pas que, toi-même, tu pusses le voir, lui !...

Que de reproches je lui adressai !... Il fallut qu'elle me jurât de ne plus se relever la nuit. Elle m'obéit, à condition que je placerais le portrait à la portée de ses regards. Je le fis tenir debout sur le pied de son lit, et depuis, elle ne le quitta plus des yeux.

XIII

Il y avait dix-huit mois que le jeune homme était parti !

Pas une lettre !

Et, d'un autre côté, aucune personne n'était venue visiter Pervenche !

Cet abandon, cet isolement, était effrayant, inexplicable !

La jeune fille devait cependant avoir des parents, une famille !

Souvent j'avais voulu l'interroger à ce sujet ; la crainte d'être indiscret m'avait retenu... Il était impossible qu'elle fût seule sur la terre. Peut-être n'osait-elle pas s'adresser à ceux dont elle avait encouru la colère ! .. J'y serais allé, moi !... trop heureux de lui trouver des protections moins misérables que la mienne. J'étais fier, il est vrai, d'être son appui ; mais, avant tout, son bonheur et son salut.

Sans doute elle devina ma pensée, car un jour elle me raconta, sans que je la lui eusse demandée, l'histoire des dix-sept années de sa vie.

Cette histoire ressemblait à bien des histoires de jeunes filles.

Orpheline presque dès le berceau, elle avait été recueillie et élevée par des parents éloignés de son père. Ses parents avaient des enfants eux-mêmes. De là, des préférences, qui ne lui laissèrent jamais un seul jour de bonheur. Plus tard, on lui rendit bien amer le pain de l'adoption. Ce n'étaient que reproches cruels, que cruelles humiliations. En vain elle s'efforçait, par son travail, à payer la petite place qu'elle tenait dans la maison. Jamais une voix amie n'avait frappé son oreille. Les premiers mots d'amour enivrèrent son jeune cœur, auquel ce semblable langage était inconnu, divin. Elle avait pourtant l'âme vertueuse, et ce furent encore plus les duretés et les chagrins qui la jetèrent aux bras de son amant. Un jour, elle s'enfuit de cette demeure, devenue insupportable. L'amour l'attendait à la porte.

Qu'elle fut heureuse pendant quelques mois ! Son amant l'adorait. Des bouquets de pervenche échangés la nuit, par-dessus la muraille, avaient été leur premier et unique entretien. Elle se cacha sous le nom de ces fleurs. Peine superflue ! Les parents dont elle avait déserté le toit hospitalier ne la cherchèrent même pas, trop heureux d'être débarrassés d'un enfant qui n'était pas le leur. Que de soins, cependant, elle prenait pour rester ignorée ! Excepté son amant, personne ne la connaissait que sous le nom de Pervenche. Enfin était venu le terrible départ, et, depuis ce jour fatal, le bonheur s'était envolé avec la vie !...

Cet aveu m'avait vivement ému. J'étais fier de la savoir innocente de la seule et naturelle faute qu'elle eût jamais commise. Dieu lui-même ne pardonne-t-il pas beaucoup à ceux qui ont beaucoup aimé ? Et quelle jeune fille sur terre avait plus saintement aimé que Pervenche !...

J'avais remarqué dans le récit de Pervenche un oubli qui m'avait frappé. Elle ne prononçait ni son nom, ni celui de ses parents, qu'elle ne maudissait pas, et qu'elle avait pourtant bien droit de maudire !

Je lui demandai la cause de ce silence.

— Oh! me répondit-elle avec un sourire, le dernier que j'ai vu sur ses lèvres, oh! c'est que je t'ai bien compris, vois-tu !... Si tu avais les noms, tu chercherais les personnes, et je ne le veux pas !... Ils m'ont fait bien du mal ! Ils ont dit et pensé des choses affreuses, depuis que je les ai quittées. Mes dix-sept ans ne sont pas sans orgueil. J'ai agi comme je devais agir. Pourquoi donc leur demander une grâce, que, du reste, sois-en bien sûr, ils n'accorderaient pas ?

Cette simple et digne réponse me fit plaisir ; son orgueil n'était-il pas mon orgueil ?...

— C'est noblement penser ! lui répondis-je aussitôt. Mais voyons... Il y a un autre côté nous ne trouvons pas quelques ressources ! Il avait, lui, des amis, de bons et francs jeunes hommes ; par eux, nous aurons des secours, et peut-être, encore mieux, des nouvelles de l'absent ?...

C'était là le meilleur appât pour tenter le courage de la délaissée.

J'étais donc bien loin de m'attendre au triste signe de tête après lequel elle murmura :

— Faux espoir, mon vieil ami, faux espoir ! je n'ai jamais même vu un seul des anciens compagnons de ses plaisirs. Lui-même avait renoncé à toute autre société que la mienne. Du jour où je m'étais donnée à lui, nous avions été l'un pour l'autre l'univers tout entier. Telle était la douce loi que l'amour nous avait inspirée. Nous nous aimions tant ! il avait rompu avec son passé.

Désormais, nous devions vivre tous les deux, seuls, ensemble, toujours ensemble, l'un pour l'autre et l'un par l'autre. Le reste de la terre nous devenait étranger. Sa voix répondait à ma voix, ma voix à la sienne. Tout ce qui n'était pas nous n'obtenait point une parole. Cette idée, tu peux t'en convaincre, venait de lui. Je l'avais juré avec joie. Je ne connaissais, je n'aimais personne au monde, excepté lui que j'adorais avec tout mon cœur. Mais, pour lui, c'était un sacrifice ! Il avait des amis, des habitudes. Le bruit, le monde, la variété des figures et des langages, tout cela plaisait à ses yeux et à ses oreilles. Mais ses yeux ne voyaient plus, ses oreilles n'entendaient plus que sa Pervenche. Il était jaloux d'un seul de ma voix entendu par un autre homme ; du regard qu'un autre homme arrêtait sur son trésor qui, disait-il, ne devait être contemplé que par lui seul. — Il arriverait aujourd'hui qu'il serait jaloux de toi, j'en suis sûre ! Tu vois bien, mon vieil ami, et s'il était là, je n'oserais plus te donner ce nom ; tu vois bien que, lui parti, lui absent, je ne connais plus personne au monde !...

— Alors, m'écriai-je involontairement, c'est encore plus infâme à lui de vous avoir laissée seule, de vous abandonner, de ne pas même vous écrire un mot de consolation et d'amitié !

A cette brutale accusation, la jeune fille mourante se redressa blanche et droite sur sa couche comme la statue de marbre de quelque sainte profanée dans sa tombe. Son front rayonnait. Un éclair passa dans ses yeux ranimés. Elle était sublime de colère, de foi, d'amour ; et ce fut d'une voix frémissante et indignée qu'elle s'écria :

— Calomnie ! tu mens, tu mens !... Lui, m'oublier, jamais !... C'est un sacrilège de le croire ! S'il m'a laissée seule, c'est que cela devait être ainsi. Tout ce qu'il fait est bien fait !... Il ne m'abandonne pas ; non, il ment... je le sens venir !... Il n'est pas arrivé de nouvelles !... c'est que ses lettres, c'est que lui-même peut-être est au fond de la mer !... Oui, parfois je l'aperçois dans le ciel ; il m'appelle, il me tend les bras !... Il m'attend là-haut, lui !... moi, je l'attends ici !... Mais, sur la terre ou dans le ciel, nous serons ensemble !... Dieu me l'a promis, il nous réunira !...

Cet effort, ce délire, cette exaltation, avaient brisé la frêle enfant. Elle retomba sur son lit de douleur, sans mouvement, sans couleur et sans voix.

Je crus l'avoir tuée, et je me jetai la face contre terre en éclatant en sanglots.

Depuis longtemps elle était revenue à elle que je lui demandais encore pardon, sans oser la regarder.

— C'est à toi de me pardonner, murmura-t-elle d'un souffle éteint et affaibli. Je t'ai fait de la peine. Mais ton amitié t'a égaré, vois-tu bien !... Il ne faut plus douter de lui... C'est un cœur noble et bon. Tu m'as oubliée, je le jure ! Je veux que tu l'estimes et que tu l'aimes aussi, n'est-ce pas ?... Je t'en prie, dis-moi que tu l'aimes et que tu crois en lui !

Elle me priait, monsieur !... Moi, je lui dis tout ce qu'elle voulut.

— Tiens, vois-le !... poursuivit-elle en me montrant le portrait placé au pied de son lit, le portrait du jeune homme qu'elle caressait d'un ineffable regard. Vois-le donc!... A-t-il l'air d'un homme qui trompe et qui oublie!...

Bien longtemps elle resta les yeux attachés sur l'image chérie. Enfin elle succomba à la fatigue et se laissa retomber sur sa couche, en murmurant d'une voix douce et mélodieuse comme le dernier chant d'un cygne à l'agonie :

— N'est-ce pas, Georges, n'est-ce pas que tu m'aimes toujours?

XIV

Il y avait chez cette adorable enfant une telle sollicitude pour son vieux garde-malade, un si grand désir de complaire à tous mes vœux, à toutes mes fantaisies, que, dès le lendemain, dès ma première visite, elle me dit :

— Ami, j'ai pensé toute la nuit à ce que tu me demandais hier et j'ai trouvé, je crois, de quoi te contenter.

— Il fallait reposer, et non pas fatiguer votre petite tête souffrante, lui répondis-je d'un ton de doux reproche. Le sommeil vous fait tant de bien!... C'est mal d'oublier mes ordonnances. Je vous en veux beaucoup, et cependant, je vous pardonne et vous écoute. Voyons, qu'avez-vous imaginé?...

— Eh bien! poursuivit-elle, il venait quelquefois chez les parents qui s'étaient chargés d'être ma famille, un ancien ami de ma mère, un vieillard un peu plus blanc, un peu moins bon que toi. J'ai toujours cru qu'avant son mariage il avait aimé ma mère, aimé d'amour. Celui qui fut mon père fut préféré. Mais sa tendresse étouffa sa jalousie, et ce noble cœur resta l'ami de celle dont il ne pouvait être l'époux. Ma mère mourut, et cette affection devint mon unique héritage. Ah! pourquoi n'a-t-on pas voulu le laisser m'emmener avec lui? J'aurais eu un père!... Mes parents refusèrent, pour faire parade de générosité. Leur générosité me coûta cher! Bien souvent j'entendis le vieillard leur adresser des reproches et même des injures. « Les étrangers, s'écriait-il un jour, sont plus sensibles aux pauvres et aux orphelins que ceux même de leur famille. Les parents, dès qu'on a besoin d'eux, dès que la parenté leur coûte une obole, sont les ennemis les plus cruels et les plus inhumains! » En même temps, il me prodiguait des caresses et des consolations. Tout cela se passait aux jours de mon enfance... Un soir, enfin, sa franchise le fit chasser. Je pleurai, moi, de le voir partir!... C'était la seule voix amie qui parlait à mon oreille. « Adieu, mon enfant, me dit-il avec émotion, adieu, ma Rose-Blondinette!.. » C'était un nom d'amitié qu'il me donnait toujours. Puis il ajouta, en pesant bien sur ses paroles : « Si jamais tu étais bien malheureuse, viens te réfugier chez moi; tu seras ma fille! entends-tu bien?... répéta-t-il encore, ma fille!.. N'oublie jamais ce que je t'offre aujourd'hui... Adieu!.. » Et depuis je n'ai jamais revu le bon vieillard...

Pervenche, épuisée, s'arrêta un moment. Moi, je m'écriai aussitôt.

— Plus qu'une parole encore!... Où puis-je trouver ce protecteur?...

— Ah! tu ne m'en veux plus d'avoir cherché!... me répondit-elle en essayant un sourire; car j'ai bien cherché le nom et l'adresse, va!... Juge donc... il y a près de huit ans de cela... C'est presque la moitié de ma vie. J'ai réfléchi longtemps, enfin...

— Enfin? demandai-je avec anxiété.

— Enfin, l'adresse et le nom, je me suis tout rappelé!

Malgré mes soixante ans, je sautai de joie, monsieur... Si quelqu'un se fût trouvé là, il eût bien ri de me voir si ridicule. Que voulez-vous? j'étais heureux, j'étais ivre, j'étais fou!

Pervenche n'avait pas eu la confiance de me révéler son nom à elle. Je devais seulement la désigner au vieillard, le faisant ressouvenir de Rose-Blondinette.

Je me serais blessé qu'on me tût un secret. Elle le voyait, la méchante! et toujours sa bouche resta muette. Sa fierté ne voulut pas même que je le pusse, plus tard, mendier une pierre pour sa tombe.

Cependant, je courus à l'hôtel indiqué. Les voitures étaient moins rapides. Je me plaisais à lutter de vitesse avec elles, à les surpasser même, tant mes vieilles jambes me semblaient alertes et rajeunies.

C'était au faubourg Saint-Germain que devait s'arrêter ma course. Bientôt j'eus traversé la Seine, et, sans me ralentir une minute, je montai presque au galop les larges rues de ce quartier désert.

— Allons, murmurai-je de ma voix haletante et essoufflée... allons, courage, vieux courrier! si l'ambassade est heureuse, tu te donneras une voiture au retour.

Mais, hélas! l'ambassadeur revint à pied.

La grande porte de l'hôtel était tendue de noires draperies de deuil.

Oh! mon Dieu! je n'avais pas besoin de la réponse du domestique en pleurs pour être convaincu de la triste vérité. Un de ces pressentiments de malheur qui ne trompent jamais venait déjà de tout m'apprendre.

Le seul ami en qui la mourante pouvait placer son espoir était mort la nuit de la veille.

— Mais qu'a donc fait au ciel la pauvre Pervenche? m'écriai-je avec désespoir. Qu'a-t-elle fait, cette innocente victime, pour que Dieu l'abandonne à l'acharnement de la fatalité?...

Je retournai l'œil morne, la tête baissée, par ce chemin que je venais de parcourir quelques minutes auparavant avec l'exaltation d'une si joyeuse espérance.

— Un peu de patience! dis-je en rentrant dans la chambre de la malade : on est à la campagne pour quelques jours seulement.

Bonne Pervenche, elle feignit de croire à ce mensonge; elle feignit de ne pas avoir remarqué mon abattement et ma tristesse.

XV

Que me reste-t-il à vous apprendre?... Hélas!... N'avez-vous pas tout deviné? Ce ne sont pas des paroles, ce ne sont pas même des larmes qui peuvent dire ces choses-là!..., images confuses que l'imagination retrace aux yeux de ceux qui regrettent et qui pleurent. Pour moi cette agonie est encore là devant mes regards!... Je la vois... j'en frissonne; mais je n'ai qu'un seul mot à vous dire : elle est morte!...

Elle est morte, monsieur, elle est morte!... Ni Dieu, ni moi, ne l'avons sauvée! Le hasard seul pouvait ce miracle, et le hasard le voulut un jour trop tard.

Jugez-en, monsieur, jugez-en!...

Sa dernière heure était arrivée. J'avais couru chercher un prêtre. Digne vieillard, qui fut aussi vite que moi chez la mourante. Arrivé au seuil de la maison, je le laissai monter seul. Le désespoir m'étouffait, la tête me tourna, et sans la rampe de l'escalier j'aurais roulé sur les marches. Pendant que je reprenais haleine et courage, quelques mots prononcés à côté de moi me frappèrent. Je voyais sans regarder.

Il y avait là le facteur et la portière.

Le facteur venait de nommer un nom de femme.

— Encore! répondit le portier. C'est la dixième. Connais pas!... Toujours des colonies?...

— Toujours.

C'était une lettre repoussée par le concierge, et que le facteur tenait encore à la main.

Un instinct me révéla la vérité. Je jetai un cri de joie et je m'élançai sur la lettre.

En une seconde j'étais à la porte de Pervenche.

Le prêtre la bénissait déjà. Qu'avait eu la pauvre enfant à lui confesser? Son amour et sa souffrance. C'était la seule faute, c'était le secret de toute sa vie de fleur éphémère!

Je parus sur la porte en criant le nom que je lisais, à travers mes larmes, sur l'enveloppe de la lettre.

Aussitôt Pervenche retourna brusquement la tête du côté de la voix.

C'était elle!

Georges lui avait écrit dix fois sous son nom véritable, sous ce nom si bien inconnu de tous.

Dix fois le bonheur et la vie étaient venus à cette adresse!... dix fois la sottise d'un valet les avait renvoyés tous les deux!..

Oh! la fatalité!

Cependant Pervenche implorait de ses yeux expirants cette lettre tant désirée que j'agitais comme un drapeau libérateur. Je m'avançai vers elle, et je posai avec ivresse le talisman sur le bord du lit.

Tout mon espoir renaissait. Déjà je la croyais sauvée.

Ses mains voltaient au devant de la lettre. Elle la saisit, la pressa sur son cœur, puis elle voulut briser le cachet.

La cire résista sous ses doigts défaillants et fébriles. Elle n'avait plus la force de la briser !

Je compris la muette et suppliante prière.

L'enveloppe tomba à terre.

Je déployai les feuilles...

Sur la première, j'eus le temps d'apercevoir ces mots qui me ravirent .

— « Je reviens riche, et je t'aime plus que jamais... »

Plus de doutes ! c'était le salut, c'était la résurrection que je venais d'apporter à ma fille.

Je mis donc de nouveau la lettre dans ses mains. Ses mains tremblaient. Par un suprême effort, elle s'était un peu soulevée. Son front rayonna d'une joie céleste.

Longtemps elle fixa, de son regard éteint, la première ligne... Elle restait immobile, arrêtée, surprise. Ses paupières seules remuaient, impatientes et consternées. Des angoisses déchirantes plissaient son front, agitaient ses joues fiévreuses. Un souffle convulsif glissait à travers ses narines transparentes, gémissait à travers ses lèvres violettes et plaintives.

Son regard s'épuisait en efforts désespérés. Hélas ! son regard ne pouvait plus lire ces caractères chéris... Malheureuse jeune fille ! la mort ne lui laissa pas même cette consolation dernière... Tout ce qu'elle n'avait pas encore versé de la source de ses larmes se répandit à la fois sur son visage. Ses yeux avaient encore des pleurs, mais déjà la lumière ne les habitait plus !... Jamais torture ne fut plus affreuse, jamais douleur humaine ne fut plus désolée que la dernière torture de Pervenche !

Enfin un cri étouffé lui échappa... ses bras fléchirent... son corps se reploya en arrière... Je sentis qu'elle allait tomber... Je m'élançai vers elle, et la reçus contre ma poitrine palpitante.

Puis, je n'osai plus bouger de peur d'éteindre la flamme en agitant le flambeau.

Je la croyais morte !..

Peut-être l'était-elle déjà... Mais, ainsi que sous l'alcool éteint glisse parfois une lueur fugitive, son œil brilla d'une étincelle rapide, ses lèvres s'entr'ouvrirent pour ne plus se refermer. Ce fut vers le portrait que volèrent ce souffle et ce regard. Son âme venait de s'enfuir en jetant un adieu à son amour. Son dernier soupir était un dernier baiser.

Moi, j'eus un serrement de main à peine sensible, mais il me fit tressaillir et je le compris bien : Pervenche me disait :

— A bientôt, mon vieil ami !...

XVI

Longtemps encore je tins la jeune morte dans mes bras, qui me semblaient morts aussi. J'avais suivi l'horrible ralentissement du râle et du pouls dans le corps à l'agonie ; je sentis le cadavre se refroidir peu à peu, jusqu'à l'instant où ce contact glacé me fit frissonner.

Tout était fini ! Je déposai doucement sur l'oreiller cette tête chérie, qui pendait inerte et balancée par-dessus mon épaule : puis je restai immobile et penché sur la couche à contempler ma Pervenche.

La mort n'avait pas altéré son visage. Elle semblait sommeiller. J'abaissai du bout de mon doigt sa paupière à moitié fermée seulement. Ce n'était plus qu'une gaze transparente et bleue, à travers laquelle ses yeux semblaient encore me regarder.

Puis je me laissai tomber sur un siège en face. Je fixai d'un œil hagard et morne cette forme allongée, qui soulevait à peine le drap blanc dont j'avais recouvert le cadavre de ma fille, et que la lueur lugubre des cierges drapait de plis sombres, étranges et mouvants au milieu des ténèbres rougeâtres.

Je demeurai là toute la nuit, sans une pensée, sans une larme. Je ne pouvais pas pleurer !.. Parfois, il passait dans la rue des éclats de rire, des chants joyeux !..

Alors seulement je sentais que je vivais encore. Mon cœur s'était serré. Je me tournais vers le lit de mort avec une inquiétude naïve et folle.

Mais non !.. Tous les bruits pouvaient chanter désormais. Pervenche ne se réveillerait plus !..

Je ne voulus pas d'autres mains que les miennes pour l'ensevelir. Elle était souple et légère comme un voile blanc. Je frémis à l'aspect de ses épaules amaigries et marbrées ! Quand j'aperçus ses petits pieds veinés et pâles, oh !.. j'eus un de ces sourires amers et navrés qui font rejaillir les larmes brûlantes et captives. Je les pris en frémissant pour les embrasser avant de les livrer

au linceul. Ils tenaient tous les deux dans une de mes mains !..

Ce fut encore moi qui l'étendis dans la bière, où, avec Pervenche, je couchai pour jamais tout l'espoir, toute la joie de mes cheveux blancs. Mais, au matin fatal, je n'eus pas la force de les clouer dans ces quatre planches. L'enfermer, moi, dans cette boîte étroite et sinistre, jamais !.. Je laissai faire les autres, et je me bouchai les oreilles en frémissant.

Ce fut en vain ! Le désespoir m'avait mis un écho dans le fond de la poitrine. A chaque coup de marteau, il me semblait que les clous entraient dans ma propre chair. Enfin, lorsque le bruit cessa, je jetai un triste regard sur le lit désert et bouleversé ; puis je tombai, éperdu, sur la bière cruelle, et je l'étreignis de toutes les forces de ma douleur.

Je cherchais à la briser ; je sanglotais. J'étais fou !..

Un roulement de voiture me rappela à moi.

C'était le corbillard des pauvres qui s'arrêtait à la porte de la maison.

Je repoussai les hommes qui déjà s'approchaient de mon trésor, et je descendis moi-même sur mes épaules tremblantes le fardeau dont quelques pieds de terre allaient me séparer pour toujours !

Je marchais doucement, avec précaution. J'avais peur de déranger Pervenche.

La bière glissa sur des roulettes qui tournèrent en gémissant. Puis le fatal char se mit en marche, après s'être refermé sur sa proie.

Je le suivis, en me voilant le visage avec le dernier mouchoir dont je lui avais essuyé les yeux.

Ce n'était que le simple et rustique équipage qui sert à la pauvreté. Je marchais seul derrière, le front découvert et dans l'humble costume que je porte encore aujourd'hui.

Toutes les voix se taisaient cependant sur le passage du convoi blanc et solitaire.

La pitié s'écartait avec respect pour laisser cheminer la jeune fille morte et le vieillard en pleurs.

Que de riches et pompeuses funérailles n'ont pas ces touchantes sympathies ! Le peuple, guidé par de secrets instincts, ne les prodigue pas tous les jours.

Nous arrivâmes ainsi aux portes du cimetière Montmartre, et bientôt j'aperçus le trou sombre et béant.

Il n'y avait au bord de la fosse que les hommes noirs, le même prêtre nous la veille, la bière et moi.

On descendit la bière. Les cordes, lorsqu'on les retira, étaient seules, hélas !

Je me levai, je partis, obéissant et muet comme un esclave.

XVII

J'étais anéanti ! Pas une pensée dans l'esprit, pas une parole sur les lèvres. Je revins instinctivement à mon échoppe ; je marchais sans voir, sans entendre. Et cependant malgré cet idiotisme du désespoir, quelque chose murmurait au fond de mon cœur ulcéré ↟

— Il faut un marbre et des fleurs à Pervenche !

Hélas ! le propriétaire a tout fait vendre. Au pauvre vivant, la loi laisse un lit pour reposer sa tête. Eh bien ! cet homme m'a refusé le prix de la couchette, la valeur du lit de mort de la jeune fille.

Dieu l'a puni, car voilà trois mois de cela, et, vous le voyez, les persiennes sont closes, l'écriteau se balance au vent, l'appartement est inhabité...

Mais il me restait à moi quelques derniers écus, et de plus les petites ressources de mon travail, que depuis j'ai prolongé de trois heures par journée.

Par malheur, le marbre coûte cher, et le cuir rapporte peu.

Enfin aujourd'hui Pervenche, ma Pervenche adorée !... elle dort, monsieur, sous une croix de bois noir, sous un tapis de fleurs dont elle avait le nom et la tendre beauté.

Voilà tout ce qu'il a à vous dire, monsieur, vous connaissez l'histoire de ces pauvres petites bottes, la seule consolation de mes vieux souvenirs.

Heureusement je suis bien vieux, et le jour où je dois la retrouver n'est peut-être pas bien loin.

Chaque soir je vais au cimetière Montmartre, en murmurant :

— Encore une journée de moins à attendre !...

XVIII

Voilà toute ma vie, monsieur, voilà toute mon espérance !...
Le récit du vieillard était achevé.

Il s'arrêta épuisé, palpitant.

Bien souvent ses sanglots l'avaient interrompu. Alors j'attendais dans un religieux silence ; ses longues pauses étaient aussi touchantes que le simple et naïf langage dont son cœur lui dictait chaque parole.

Mon émotion égalait presque la sienne. J'aimais Pervenche ; je la pleurais aussi amèrement que lui ! Il regrettait la perte de sa fille chérie ; moi, je regrettais de n'avoir pu connaître cette douce et charmante enfant.

Nous restions tous deux muets, attristés et rêveurs.

Enfin, par une pensée commune et sympathique, nous regardâmes tous deux à la fois, d'abord les petites bottes vernies, sur le miroir desquelles le soleil à son coucher allumait des reflets rouges et éclatants ; ensuite le balcon solitaire dont les volets fermés rendaient l'aspect morne et mélancolique.

Tout à coup une des persiennes s'ouvrit brusquement ; un jeune homme s'élança par la fenêtre haute et sombre.

Je le reconnus aussitôt. C'était le même jeune homme aux vêtements négligés et poudreux que je venais de voir, il n'y a pas encore une demi-heure, courir sur le trottoir et disparaître dans la maison.

Au même instant le vieillard jeta un cri.

— Qu'est-ce donc ? lui demandai-je avec une inquiète curiosité.

— C'est lui, murmura-t-il à voix basse.

— Georges !... dis-je sur le même ton de surprise et d'effroi...

Le savetier me répondit d'un regard. Je le compris ; c'était bien là le malheureux amant de Pervenche.

Quelques secondes après, il se précipitait dans l'échoppe.

Sans doute il venait de tout apprendre ; je le vis à son désespoir, à sa reconnaissance pour le bon vieillard, pour le protecteur de son amie perdue à jamais.

Sa douleur était effrayante et terrible. Tantôt il restait immobile et comme frappé de stupeur, tantôt il étreignait en gémissant le pauvre savetier dans ses bras convulsifs et fiévreux.

Celui-ci cherchait à le consoler.

Enfin les larmes vinrent, qui soulagèrent sa poitrine haletante et déchirée. Peu à peu il se calma, et bientôt il eut la force d'articuler d'une voix profonde et suppliante :

— Où est-elle ?... mon ami, où est-elle ?

— Allons, venez !... répondit le vieillard en entraînant le jeune homme hors de son échoppe. Prenez mon bras ! Appuyez-vous sur moi !... Voilà la fin du jour. C'est l'heure où je vais tous les soirs arroser mes pervenches !...

XIX

Quant à moi, je les laissai partir, et je restai seul et pensif au milieu de la rue.

Longtemps je les regardai s'éloigner sur la route. Devais-je les suivre ?... Je ne l'osai pas. La douleur aime la solitude. Qu'étais-je, moi ?... un étranger, un passant curieux ! Je n'avais pas connu Pervenche !...

Après bien des hésitations, je me décidai à redescendre vers Paris.

Je repassai par la rue Notre-Dame-de-Lorette, qui le matin m'avait semblé joyeuse et souriante.

Maintenant je me sentais soucieux et triste.

Pourquoi donc cela ?

C'est qu'il n'y avait plus d'orage, c'est que la nuit approchait, et que la fée de Sterne venait de s'envoler dans le dernier rayon du soleil.

LE RÉCIT DU GUIDE

I

Il y a jour pour jour une année de cela... C'était dans le cours d'un voyage que ma fantaisie de touriste m'avait fait entreprendre à travers la Transylvanie, ce théâtre des luttes hongroises et autrichiennes. La dernière guerre donnait à mon aventureuse excursion un nouvel attrait, et je ne laissais pas s'écouler une journée sans courir le pays, glanant çà et là de glorieux souvenirs, arrachant à chaque plaine, à chaque fleuve, à chaque roc, leurs plus intéressantes traditions...

Un matin, je sortis d'Hermanstadt, en compagnie d'un guide, honnête et candide montagnard, qui croyait dévotement à toutes les légendes dont sa prodigieuse mémoire était ornée. Nous nous engageâmes tous deux dans une vallée verdoyante et profonde qu'arrosait gracieusement de ses limpides méandres du Danube, la petite rivière Aluta, et nous arrivâmes, après deux heures de marche, au milieu des montagnes les plus sauvages et les plus pittoresques de toute la chaîne des monts Crapacks.

Nous étions au pied même du Tartara, géant de roc, dont je voulais atteindre et caresser la chevelure de neige...

Point de description, n'est-ce pas? Personne ne vous ne connaît le mont Tartara, mais vous avez peut-être parcouru et gravi des montagnes, avec le ciel touchant à votre tête, avec des nuages et des précipices sous vos pieds... Vous avez éprouvé ces jouissances sans pareilles de l'ascension et du vertige... C'est si bon à vingt ans de monter bien haut, lorsque le vent est bien fort!... C'est presque voler, c'est presque avoir des ailes.

Je fus donc très-heureux ce jour-là, et rien qu'à la pensée de mon bonheur, je me sens encore frémir voluptueusement aujourd'hui...

Déjà nous ne cheminions plus sur les routes vulgaires, mais bien par les sentiers de la montagne elle-même, escaladant, grimpant, sautant, marchant comme des chamois sur des ponts de roc plus étroits que des cordes jetées d'un bord à l'autre, de gouffres sans fond, à travers un labyrinthe où les fils du pays pouvaient seuls s'aventurer sans périr mille fois pour une. Mais j'ai le pied sûr, le regard ferme, et mon guide connaissait le mont Tartara comme on connaît la maison qui vous a vu naître et grandir.

Tout à coup, cependant, le chemin s'élargit, et nous nous trouvâmes sur une espèce de plate-forme, presque une plaine, où quelques arbres rabougris s'échevelaient au vent impétueux du matin. Vers la droite, la montagne fermait l'horizon comme une muraille infranchissable, mais, à gauche, la vue ne rencontrait aucun obstacle, et le vert du gazon semblait se joindre au bleu du ciel.

Ivre de joie, je m'élançai de ce côté.

Mais à peine avais-je fait quelques pas, que je me sentis arrêté par un poignet de fer.

— Malheureux! s'écria le guide en me serrant le bras à me briser les os... Malheureux!... regardez donc à vos pieds!...

Je baissai la tête...

Et spontanément je me rejetai en arrière avec un cri d'épouvante...

Il était temps!...

Là, à deux pas devant moi, un gouffre sombre et béant, un abîme prêt à m'engloutir à jamais!

Mes jambes tremblaient, et je fus forcé de m'asseoir sur l'herbe.

Une minute se passa ainsi.

La voix calme et grave du guide me rappela à moi.

—Imprudent!.... disait-il. C'est le *Trou-de-l'Enfer*!...

A ces mots, mes terreurs achevèrent de s'évanouir, et toute ma gaîté me revint au milieu d'un ironique sourire.

— Ah!... Ah!... fis-je, le *Trou-de-l'Enfer*! Tudieu, quel beau nom! Il doit, je le gage, y avoir là quelque vieille et terrible légende!

— Il en est d'anciennes, répliqua lentement le vieillard, mais il en est aussi de récentes, et qui, pour cela, n'en sont pas moins effroyables... Si vous saviez ce qui s'est passé ici, il y a tantôt vingt-cinq ans?...

— Mais je ne demande pas mieux que de l'apprendre, et si vous vouliez bien m'en instruire?...

—Oh!... murmura le guide, c'est que pour cette histoire-là, je mets une condition, et jamais je ne l'ai racontée à un voyageur sans qu'il me promît par serment de faire chaque année ce que je vais vous proposer à vous-même.

—Oh!... Oh!... C'est donc quelque chose de bien difficile?...

— Non, car jusqu'à ce jour personne ne m'a refusé!

— Eh bien! qu'est-ce?... Voyons.

— Il faut... Mais vous êtes Français et vous allez rire?...

— Alors c'est donc plus drôle que je ne le pensais d'abord?

— Tenez... soupira le vieillard en hochant sa tête aux longs cheveux blanchis, vous commencez déjà...

— Non, répliquai-je en reprenant mon sérieux, non... Je ne ris plus... Voyez!... Allons, parlez... Je vous écoute!...

Le guide m'examina quelques secondes en silence, puis il dit:

— Vous allez me jurer de faire dire, chaque année, à pareil jour, trois messes pour le repos de trois âmes qui ne sont plus, hélas! de ce monde.

— Et quelles sont ces trois âmes? demandais-je.

— Vous saurez les noms, me répondit le vieillard, en écoutant l'histoire.

—Ah!... c'est juste!...

— Réfléchissez bien avant de vous engager... reprit le vieux montagnard, Dieu vous punirait de manquer à un semblable serment!... Je ne vous force en rien... et, si vous le préférez, je puis vous dire d'autres récits qui se rattachent au *Trou-de-l'Enfer*... car le diable habite là, soyez-en sûr, ou du moins cet abîme est une des portes de l'enfer, et chaque soir on en voit sortir une fumée rougeâtre, au milieu de laquelle s'envolent des hiboux, des chouettes, de grandes chauves-souris aux ailes noires, et d'autres animaux nocturnes et sinistres, qui sont autant de démons déchaînés sur la terre sitôt que descend la nuit... Là-dessus, les pères ont raconté d'âge en âge à leurs fils des légendes étranges et terribles, et mon père, à son tour, me les a racontées dans les soirs de nos vieux jours. Hélas!... Je n'ai plus de fils à qui laisser en mourant ce saint héritage. Les Autrichiens me l'ont tué, il y a vingt-cinq ans déjà!... Mais je puis vous dire, à vous... Celles-là, ou bien le récit que j'ai vu et pleuré de mes propres yeux,... Seulement, vous connaissez mes conditions... Choisissez maintenant, monsieur... Choisissez?...

Il y avait tant de tristesse, tant de candeur, tant de foi dans l'accent et dans les paroles du bon vieillard, que je me sentis devenir peu à peu presque triste et presque croyant moi-même.

— Mon choix est fait, répondis-je aussitôt qu'il eut cessé de parler; assez de vieilles histoire des temps qui ne sont plus!... J'en veux une qui soit de mon siècle et de mon âge... et je vous promets de faire ce que vous me demandez!...

— Trois messes chaque année?

— Oui.

— A pareil jour?...

— A pareil jour...

— Vous me le jurez !...

— Oui...

— Songez-y bien... vous le jurez?...

— Je le jure... m'écriai-je en étendant le bras vers l'abîme entr'ouvert à mes côtés, je le jure... par le *Trou-de-l'Enfer* !...

— Non... répondit la voix lente et douce du guide, jurez-le-moi par le ciel du bon Dieu !...

Et en même temps il levait le bras vers le ciel d'azur qui planait tout près de nos têtes...

Comme lui, je levai la main; et lorsque je répétai les paroles de cette étrange formule qu'il dictait à mes lèvres, il y eut dans ma voix autant de sainte croyance que dans la sienne.

— Bien !... fit-il ensuite, Dieu et moi nous avons reçu votre serment.. Écoutez-moi !...

Alors le vieillard s'assit en face de moi sur un quartier de roc, puis après avoir un instant recueilli ses souvenirs, il commença...

II

C'était il y a vingt-cinq ans environ, monsieur, je vous le disais tout à l'heure.

A cette époque-là, vivaient dans la petite ville d'Hermanstadt, deux jeunes gens, deux frères, les deux derniers rejetons d'une ancienne famille, chérie et glorifiée dans tout le pays.

L'aîné se nommait Vladimir, le plus jeune Conrad.

Vladimir et Conrad s'aimaient d'une étroite amitié.

Et cependant, depuis plusieurs années, ils vivaient loin l'un de l'autre, et de deux existences bien différentes...

L'aîné, simple et bon jeune homme à l'humeur rêveuse et sédentaire, n'avait jamais voulu quitter le pays. Il aimait ses montagnes, et ses montagnes lui gardaient mille bonheurs et pas un secret. Ami de cette nature grandiose et sauvage, providence des chaumières, frère des pauvres et des affligés, il vivait ignoré, heureux et béni... Moi-même j'avais guidé ses premiers pas dans la montagne, et bientôt il la connut mieux que moi-même. C'était sa promenade, sa retraite favorite, et, chose étrange, je l'y rencontrais plus souvent que par le passé, seul toujours, toujours triste et rêvant... depuis le retour de son frère.

Car Conrad, longtemps absent du pays, venait enfin d'y revenir. C'était bien le caractère tout opposé à celui de Vladimir. Aventureux, inconstant, homme de plaisirs et de voyages, sans cesse en mouvement, sans cesse en fête, il avait parcouru tour à tour les provinces méridionales, puis la France, d'où il arrivait avec des idées de révolte et de liberté.

Ces idées-là, il les répandit dans toute la petite ville d'Hermanstadt, il les féconda par son entraînement, par son éloquence, par son courage, et bientôt tout le monde se mit à conspirer avec lui. Vladimir d'abord, mais plutôt par sympathie fraternelle que par enthousiasme politique; puis la garnison, la jeunesse, et jusqu'au gouverneur lui-même, homme froid et sévère, dont la maison devint le rendez-vous des conjurés, au grand désespoir de la belle Wilhelmine, sa fille, une folle et charmante enfant, qui regrettait le temps heureux des bals et des sérénades!

Ah! comme elle maudissait la grave politique qui venait de chasser tout ce riant cortège, et peut-être n'était-elle pas seule à la maudire... Je le pensais, du moins, en voyant chaque jour Vladimir qui fuyait, pour les solitudes de la montagne, cette maison du gouverneur, où jadis il passait de longues heures à babiller, à chanter avec Wilhelmine!...

Plus de babils ni de chansons, maintenant... Conrad quittait à peine son quartier-général, et ce quartier-général c'était le palais du gouverneur.

Pauvres frères!... Je tremblais pour leurs imprudences, en songeant à tous les dangers qu'ils allaient courir!... Car je les aimais tous deux, ces jeunes gens si forts et si braves, si bons et si généreux, si remplis de sève, d'espérance et d'avenir!... J'avais, cependant, pour Vladimir une préférence secrète, presque un droit naturel. Il ne quittait jamais, lui... Je l'avais vu naître et grandir comme une de ces plantes fidèles aux flancs de ma montagne. Depuis près de vingt ans, je le rencontrais chaque matin, il saluait ma vieillesse et ma pauvreté d'une douce parole et d'un bon sourire!...

Et puis il était l'ami, le protecteur de mon fils, de mon pauvre fils, enrôlé, comme tous les jeunes gens de son âge, parmi les révoltés, et pour lequel je tremblais plus encore que pour tous les autres ensemble.

Jugez, monsieur, de mes craintes et de mes angoisses!

Tout à coup on apprend que la conspiration est découverte, que l'Autriche déjà se venge, que le sang coule de tous côtés, presque à nos portes!...

Cependant Hersmanstadt restait encore paisible, et l'on espérait que cette petite ville serait oubliée. Mais, moi, je connaissais l'Autriche, et je ne sais quel pressentiment secret m'empêchait de partager ces trompeuses espérances.

Aussi je veillais les yeux ouverts et l'oreille attentive.

Un soir, je regardais le soleil se coucher du haut de la montagne, lorsqu'il me semble voir une ligne blanche se dessiner à l'horizon.

Je ne sais... mais, malgré moi, je sentis mon cœur se serrer, et mes regards ne quittèrent plus le point du ciel où venait de m'apparaître ce fantôme étrange...

Je le vis s'étendre peu à peu, couvrir tous les sommets de l'Orient, puis se diviser et se répandre lentement comme une avalanche dans la plaine...

Plus de doute !... C'était un régiment autrichien qui cernait Hermanstadt...

A cette vue, je m'élançai dans la ville... J'atteignis en courant notre chaumière, où Dieu ne permit pas que je trouvât mon fils; et, sans prendre un instant de repos, je poursuivis ma route jusqu'à la maison des deux frères.

Vladimir était dans le jardin.

Je tombai près de lui, haletant, épuisé, et, pendant une minute, je fus incapable d'articuler une seule parole.

Mais je pouvais voir, et je vis le jeune homme cacher rapidement dans son sein un portrait de femme, qu'il contemplait avec des yeux humides de larmes...

Enfin, ce mot terrible sortit de ma bouche :

— Les Autrichiens !

— Où donc, me demanda-t-il en frémissant ?

— Là !... là !... fis-je, en étendant le bras vers les montagnes de l'Est.

Ce ne fut plus Vladimir qui répondit.

— Oui, frère !... s'écria Conrad, qui accourait avec une émotion semblable à la mienne... Il a raison... nous sommes tous perdus!...

— Perdus !... répéta Vladimir... Mais qui sait nos projets! qui sait nos noms, si ce n'est nous-mêmes?... et pas un de nos amis ne nous trahira...

— C'est déjà fait !... articula Conrad avec rage... Un lâche, un traître, s'est glissé parmi nous... J'ignore lequel..? Mais la liste de nos noms a été envoyée à Vienne.

— Qui te l'a dit ?

— Ne me demande rien !... s'écria Conrad. Ne me demande ni comment ni par qui j'ai su cette infamie!... Le temps nous presse... Il faut fuir... Il faut gagner la frontière turque... et pour cela... tu viens de l'entendre..., il ne nous reste que quelques minutes !..,

Vladimir n'insista pas, et, se tournant vers moi, il me dit :

— Vite !... des chevaux !... ici !...

Déjà je me disposais à sortir.

Conrad m'arrêta d'un geste rapide.

— Écoute !... dit-il à son frère avec un accent solennel et grave... écoute !... Il est dans cette ville une femme que j'aime, et dont peut-être je suis aimé... Nous allons sans doute quitter le pays pour toujours... et, je veux, avant le départ, la revoir une dernière fois, lui parler et connaître le sort de mon amour.

Vladimir parut étonné, mais presque aussitôt un sourire de satisfaction s'épanouit sur son visage, et, saisissant la main de son frère, il lui répondit avec une singulière émotion :

— Ainsi, j'allais te faire le même aveu...

— Comment? s'écria Conrad.

— Oui, poursuivit Vladimir d'une voix qui partait du fond de son cœur, comme toi, frère, j'aime... Oui... Il est à Hermanstadt une jeune fille que j'aime plus que ma liberté, plus que ma vie, plus que tout en ce monde et dans l'autre... et je ne veux pas m'exiler éternellement d'auprès d'elle, sans emporter avec moi la consolation de son amour !...

— Eh bien ! cours la trouver !... répondit Conrad. Elle doit t'aimer, frère, j'en suis certain... Qui ne t'aimerait pas ?... Et, pendant ce temps-là, je vais de mon côté, savoir ce que je dois espérer ou craindre.

Les deux jeunes gens s'embrassèrent, et coururent vers la porte en me répétant :

— Les chevaux ! ici !... dans dix minutes !...

Puis ils sortirent; et moi, naturellement, je sortis avec eux.

— Vas-tu à droite ou à gauche? demanda gaiement Conrad.

— A droite, répondit Vladimir sur le même ton.

— Tiens!... fit le premier, et moi aussi!

C'était également mon chemin, et je continuai à marcher derrière eux.

La rue que nous suivions tous les trois aboutissait à une petite place de laquelle deux autres rues partaient en sens opposé.

Il y eut un instant d'indécision; les deux jeunes gens s'interrogèrent du regard; un double regard se dirigea vers la droite, et, toujours en souriant, ils prirent l'un et l'autre la rue de droite.

Au bout de quelques pas, Vladimir s'arrêta.

Conrad venait également de s'arrêter.

Ils se trouvèrent tous deux devant l'hôtel du gouverneur.

— Eh bien?... fit le premier.

— Eh bien, frère? répéta l'autre.

— Je suis arrivé, reprit Vladimir.

— Et moi de même, répondit Conrad.

Tous deux se regardèrent avec surprise, et l'aîné, toujours le plus joyeux et le plus insouciant, s'écria:

— Alors, vite!... et bonne chance à tes amours!

— Bonne chance aux tiennes! répliqua le plus jeune; hâte-toi!

Puis tous deux se serrèrent la main et s'élancèrent aussitôt vers l'hôtel du gouverneur.

Tous deux à la fois... tous deux vers la même maison!...

Alors seulement un affreux soupçon les frappa l'un et l'autre.

Ils s'arrêtèrent avec effroi.

En ce moment, une jalousie se soulevait au-dessus de leurs têtes, et le charmant visage de Wilhelmine parut au balcon.

La jeune fille se pencha vers les deux frères, les appela par un geste rapide, et disparut plus rapide encore.

— Wilhelmine!... s'écrièrent spontanément deux voix stupéfiées et frémissantes.

Les yeux seuls répondirent à cette question terrible, et la réponse fut un affreux arrêt pour tous deux.

Ils aimaient tous deux la même femme!...

Il y eut un instant de silence.

Vladimir et Conrad baissèrent la tête avec désespoir.

Mais le désespoir de Vladimir était le plus profond et le plus poignant.

Je le sentais bien, moi, qui venais de tout entendre, et qui restais comme eux immobile et cloué sur le pavé.

Pauvre Vladimir!...

Il était plus pâle que la neige des montagnes; ses cheveux noirs semblaient se hérisser sur son crâne, et tout son corps brisé tremblait d'une fièvre convulsive.

Conrad releva le premier la tête, et, le premier, reprit la parole.

— C'est affreux!... murmura-t-il d'une voix basse et stridente. Mais le temps nous gagne... Il faut prendre un parti... Ecoute-moi, frère!... Wilhelmine ne mérite aucun reproche... Elle a été assez coquette pour plaire à tous deux, mais pas assez pour mériter le mépris et la haine de l'un ou de l'autre... C'est à elle de décider entre nous... Laisse-moi lui parler avec loyauté, avec franchise... et jurons tous deux de respecter son choix... Que celui qu'elle aime soit heureux.

Que l'autre se résigne sans plainte et sans murmure!...

Quant à moi, je le suis celui-là, j'aurai le courage de supporter mon sort, et peut-être la force de me guérir de ce funeste amour... Le temps et l'absence aident la douleur qui cherche l'oubli... Penses-tu de même, frère, et veux-tu me laisser agir ainsi?... Dis... le veux-tu?...

En achevant ces paroles qui donnaient encore une lueur d'espoir pour chacun, Conrad tendit la main à son frère.

Vladimir prit la main de son généreux rival, mais il voulut en vain répondre.

Aucun son ne sortit de sa bouche douloureusement crispée.

Enfin il parvint à articuler sourdement ce seul mot, qui sembla lui briser la poitrine:

— Oui!...

— Viens!... s'écria Conrad en l'entraînant, les Autrichiens approchent, et chaque minute de retard est un pas pour la mort. Hâtons-nous!

Se retournant vers moi, il ajouta:

— Cours de ton côté, mon ami, et ramène les chevaux derrière le mur du jardin de cette maison!...

Et comme je partais, je vis de nouveau la jalousie s'entr'ouvrir.

Wilhelmine jeta un regard impatient du haut de son balcon, et s'écria d'une voix émue et précipitée:

— Venez!... mais venez donc!...

Ce regard, ce mot, chacun l'interpréta au gré de son amour.

Conrad s'élança vers la porte, Vladimir le suivit d'un bond, et les deux frères disparurent dans l'hôtel du gouverneur.

III

Cinq minutes ne s'étaient pas écoulées, que j'arrivais à la porte du jardin avec deux chevaux agiles et vigoureux, comme on les élève dans nos montagnes.

La nuit s'assombrissait déjà. Le ciel était noir et couvert de nuages épais. Pas de lune, pas une étoile...

— Bien... me disais-je, bon temps pour une fuite... Ils échapperont aux regards des Autrichiens!

Je frappai doucement à la porte...

Elle s'entr'ouvrit aussitôt, et la voix de Conrad murmura à mon oreille:

— Un cheval de plus! vite!...

Je ne comprenais rien à ce nouvel ordre, et cependant je m'empressai de l'exécuter.

Qu'avait-il pu se passer?... Je l'ignorais complétement... Je n'avais pas distingué les traits de Conrad, mais il me semblait avoir reconnu une inflexion joyeuse dans le son de sa voix, et je tremblais pour le bonheur de Vladimir.

Il ne restait plus qu'un seul cheval à l'écurie, un cheval étranger, déjà vieux, et bien loin de valoir les deux autres, surtout pour une course au milieu des rochers.

Mais je n'avais plus le temps de courir ailleurs, et force me fut de me contenter de celui-là.

A mon retour, je trouvai les deux frères en dehors du jardin, et m'attendant dans la ruelle déserte qui l'entourait.

Je ne pus retenir un geste de surprise.

Wilhelmine était avec eux, enveloppée dans un manteau de voyage.

— Ne m'en veuillez pas?... disait-elle à Vladimir. Une femme n'est jamais maîtresse de son cœur, vous le savez!... Et c'est pour Conrad que Dieu avait créé le mien... Je ne vous ai jamais abusé par une trompeuse espérance, et maintenant il ne m'est plus permis de cacher le secret de ma préférence. Ne m'en veuillez donc pas, et je vous aiderai moi-même à vaincre votre amour, car je vous aime, Vladimir, et je souffre cruellement de votre douleur... Oh! oui, croyez-moi, je vous aime autant qu'une sœur peut aimer son frère... Aimez-moi toujours aussi, mais comme un frère doit aimer sa sœur. Tenez, voilà ma main, dites-moi que vous ne m'en voulez-pas, dites?...

Le malheureux Vladimir dut faire un effort surhumain pour répondre, et sa voix me brisa le cœur, lorsque je l'entendis murmurer d'un souffle haletant et contraint:

— Non, Wilhelmine... J'approuve votre choix... Conrad vaut mieux que moi... J'oublierai mon amour pour rester votre ami à tous deux... oui, votre ami... n'est-ce pas, mon frère... n'est-ce pas... ma sœur...

— Merci, Vladimir! s'écria Conrad, tes paroles me délivrent d'un supplice horrible... merci!... Nous serons deux cœurs dévoués à guérir ta blessure... Mais voici la nuit... partons?...

— Où est mon cheval?... demanda intrépidement Wilhelmine.

— Je vous en supplie encore, répondit Conrad, ne venez pas avec nous...

— Oui, ma sœur... ajouta sourdement Vladimir, écoutez Conrad, et restez à Hermanstadt... La route est dangereuse et sombre... Laissez-nous partir seuls... Demain vous rejoindrez en Turquie celui que vous aimez... mais à présent, cette nuit... non... non...

Oh! cette voix!... cette voix!... Il me semble encore entendre son accent saccadé, déchirant et plaintif... C'était la prière d'un damné... c'était le râle du désespoir qui gémissait entre ses lèvres crispées et brûlantes.

— Et votre père?... reprit Conrad, votre père vous maudira lorsque...

— Mon père !... s'écria la jeune fille. Mais c'est à cause de lui que je veux vous suivre... Je ne voulais pas tout vous dire, mais il le faut, puisque vous perdez des minutes si précieuses en prières inutiles... Sachez donc la vérité... un traître vous a tous vendus, n'est-ce pas ?...

— Eh bien !... fit Conrad.

— Eh bien ! c'est mon père !...

— Le gouverneur ! s'écrièrent à la fois les deux jeunes gens.

— Oui... poursuivit Wilhelmine... aussi ne me parlez plus de mes devoirs ni de son désespoir... sa trahison m'affranchit de tout envers lui... et si vous courez des dangers cette nuit, je veux les partager, parce que c'est mon père qui les a semés sous vos pas !... Maintenant, vous venez de me forcer à rougir devant vous, mais vous devez comprendre que ma résolution est inébranlable... A cheval !... plus un mot... et partons !...

Oh ! c'était une brave et noble fille, allez, monsieur !... à l'œil noir et brillant comme l'étoile du berger, aux lèvres faites pour donner des ordres, au front digne de porter une couronne.

Déjà elle était en selle sur le troisième des chevaux que j'avais amenés.

Conrad, ivre de bonheur et de joie, suivit son exemple, et les deux amants partirent au galop de leurs montures.

Le malheureux Vladimir restait immobile, muet et la tête brisée, comme la statue de la Douleur.

— Adieu. M. Vladimir, lui dis-je doucement à l'oreille.

Il tressaillit, releva son front pâle, et promena autour de lui des regards de fou...

J'entendais claquer ses dents que la fièvre heurtait incessamment les unes contre les autres, je voyais ses yeux rougis luire dans l'ombre comme deux charbons ardents...

Cependant, il ne se souvenait de rien, il ne bougeait pas encore de ce pavé qui semblait le retenir rivé à sa surface.

— Monsieur, lui dis-je avec une précaution pleine de sollicitude, monsieur, ils sont déjà loin...

— Qui ?... siffla le malheureux entre ses lèvres à peine entr'ouvertes.

— Mais... hasardais-je en balbutiant... ceux... qui sont partis tout à l'heure...

— Qui donc ?... répéta-t-il d'une voix inquiète et tremblante.

Ce fut à peine si j'osai prononcer les deux noms,

— M. Conrad... et mademoiselle...

Je ne pus achever.

Hélas ! l'infortuné comprit le nom que je n'avais pas le courage de lui dire.

— Wilhelmine !... s'écria-t-il avec l'accent d'un homme réveillé tout à coup par la foudre qui tombe à ses côtés, Wilhelmine... Conrad... partis tout deux... ensemble... oh !...

Et il se jeta sur son cheval avec un cri de rage qui se brisa dans sa poitrine par un sanglot déchirant.

Pauvre Vladimir !...

La nuit était noire, et je perdis de vue, au bout de quelques pas, le cheval et le cavalier. Un instant après, le bruit de leur course rapide s'éteignit dans l'éloignement, et bientôt ne distinguai plus sur la route que des gerbes d'étincelles qui jaillissaient des cailloux, de distance en distance, ainsi que des feux-follets courant après des fugitifs, pour leur annoncer mauvais voyage.

Quant à moi, j'avais fait pour leur salut tout ce qu'un serviteur dévoué pouvait faire ; il ne leur plus encore, je revins pendant une demi-heure d'oublier mon fils !... mon malheureux enfant !...

Je courus pour la seconde fois à ma demeure... Personne... personne !... et durant toute la nuit...

Mais je ne veux pas vous fatiguer du récit de mes propres malheurs, et je reviens à la triste histoire de Vladimir, de Conrad et de Wilhelmine.

IV

Les Autrichiens ne pénétrèrent que le lendemain au point du jour dans la ville d'Hermanstadt ; mais toute la nuit ils se rapprochèrent en silence des murailles, occupant chaque route, chaque sentier, afin d'enlacer leur proie de mille replis infranchissables.

L'ennemi se trouvait donc à plus de deux lieues encore au moment du départ des fugitifs, qui sortirent par la porte du Sud, et galopèrent près d'une heure sur la route de Turquie sans rencontrer aucun obstacle, aucun danger.

Vladimir avait rejoint Conrad et Wilhelmine, mais il retenait maintenant son cheval et s'étudiait à rester de quelques pas en arrière.

La vue du bonheur, si longtemps rêvé pour lui-même, le faisait trop souffrir !...

Ils étaient là, devant lui, ces amants fortunés, tous deux ensemble et cheminant côte à côte, tant les chevaux rapprochaient leurs flancs déjà couverts d'écume.

Ni l'un ni l'autre ne songeaient à retourner la tête vers Vladimir : Wilhelmine ne songeait qu'à Conrad, Conrad ne songeait qu'à Wilhelmine !...

Leur amour les absorbait entièrement... Ils avaient oublié le reste des choses de la terre.

C'est un instant si radieux d'ivresse et de joie que l'instant où deux jeunes cœurs viennent se confondre en se dévoilant l'un à l'autre !... Heure de sublime jouissance et de félicité parfaite, qui transporte dans la plus suave des régions célestes ces deux amants éperdus, palpitants, heureux de savoir qu'ils s'aiment, heureux de se le dire, heureux de se le répéter cent fois !...

Mais si le paradis rayonnait dans les cœurs de Conrad et de Wilhelmine, l'enfer torturait le cœur désespéré du pauvre Vladimir.

Seul, froid et silencieux, il sentait l'abîme sans fond de son malheur !...

Perdue... perdue à jamais, cette jeune fille si belle et si longtemps convoitée !... Cette jeune fille, compagne de son enfance, amour de sa jeunesse, espoir de sa vie tout entière... on venait de la lui ravir, de la lui voler... car elle était à lui, elle lui appartenait ; c'était son bien, son trésor, son âme... Renoncer à tant de bonheur lui semblait un plus impossible effort que d'escalader le ciel... et cependant il venait de le jurer... à son frère !... à ce frère frivole et oublieux qui, toujours errant par le monde et séparé de sa famille et de sa patrie, revenait tout à coup, par hasard ou par caprice, auprès de son frère heureux et tranquille pour lui apporter le trouble, l'exil ou le malheur, le déshériter de sa patrie, de sa félicité, de son amour !... Il lui prenait la seule femme qu'il eût jamais aimée d'une première, d'une unique et virginale passion... Lui !... lui, ce frère insouciant et débauché, cet homme qui sans doute aimait Wilhelmine de cet amour fugitif et vulgaire dont il avait aimé toutes les courtisanes ramassées sur sa route !... Et c'était elle, elle, Wilhelmine qui venait de préférer à un cœur tout à elle, tout à elle dans le passé, dans le présent et dans l'avenir, un cœur tant de fois partagé déjà qu'il ne devait plus y rester rien de pur et entièrement à elle !... Oh ! pourquoi donc était-il revenu, ce frère fatal et maudit ?...

Voilà quelles étaient les pensées amères et désolées de Vladimir.

Et de loin, il entrevoyait les deux amants que la nuit semblait se plaire à réunir en une seule ombre, devant ses yeux dévorés de larmes jalouses et brûlantes.

Enfin il comprit toute la folie de son serment... Peut-être encore pourrait-il vivre loin d'eux sans envie et sans haine ? Mais vaincre son désespoir en restant témoin de leur amour ?... Oh ! non... Son courage était à bout... il sentit la nécessité de fuir seul et bien loin des heureux qu'il laisserait derrière lui.

Il allait partir...

Mais, hélas ! Dieu ne l'a pas voulu...

Pendant ces dernières réflexions, Vladimir s'était insensiblement rapproché de ses deux compagnons... non pas qu'il eût hâté le pas de son cheval ; mais celui de Wilhelmine, moins vigoureux que les deux autres, et presque épuisé déjà par cette première course, commençait à ralentir la rapidité de son allure.

Encore quelques pas, et les trois fugitifs allaient se trouver sur la même ligne...

Le bruit de l'arrivée de son frère frappa l'oreille de Conrad, le fit involontairement tressaillir et le réveilla de son doux songe d'amour.

— Vladimir ! s'écria-t-il en s'éloignant un peu de sa maîtresse, le cheval de Wilhelmine trébuche à chaque caillou de la route... bientôt il va tomber... Que faire ?...

Vladimir saisit avec empressement le prétexte que lui offrait le hasard et répondit :

— Prenez mon cheval, Wilhelmine... il est agile et vigoureux... moi, je connais le pays, je ne puis m'égarer, et je continuerai le chemin à pied...

Les deux amants refusèrent cette offre généreuse, mais

Vladimir les supplia avec tant d'instances, que déjà la jeune fille commençait à faillir...

Oh ! la fatalité !...

Les fugitifs arrivaient en ce moment au bord de la rivière. Tout à coup un éclair brilla dans la nuit et plusieurs coups de fusil partirent de la rive opposée !...

— Découverts !... dit rapidement Conrad. Il faut quitter la route et nous jeter dans la montagne... Garde ton cheval, Vladimir, car, tu viens de le dire, toi seul connais assez le pays pour nous guider...

— Au contraire... voulut observer le malheureux.

Mais de nouvelles détonations frappèrent les échos, et Conrad s'écria d'un ton qui ne permettait pas de réplique :

— Vite donc !... passe devant, et ventre à terre !...

Alors Vladimir enfonça avec rage les deux éperons dans les flancs de son cheval et s'élança vers le mont Tarara par le sentier que nous venons de gravir aujourd'hui.

Oui, monsieur, ce sentier étroit, rocailleux, tapissé de mousse et suspendu comme par miracle au-dessus d'abîmes entr'ouverts et presque toujours cachés sous l'herbe....

V

Mais Vladimir connaissait si bien cette route dangereuse, qu'elle ne présentait plus de dangers pour lui. Le plus petit arbre, le moindre rocher, le précipice le plus voilé, étaient des amis cent fois visités pendant son enfance, cent fois parcourus au galop d'un cheval que sa main exercée pouvait lancer sans crainte parmi les détours du sentier de la montagne.

Les deux amants savaient cela, et s'abandonnèrent avec confiance à ce guide intrépide et sûr.

Et cependant la nuit devenait de plus en plus obscure. De gros nuages noirs roulaient sur les cimes comme des ombres fantastiques menaçantes.

Tout annonçait l'approche d'un orage.

Bientôt les trois fugitifs arrivèrent au bord d'une gigantesque cascade, dont vous pouvez entendre d'ici le fracas. Mais, en cet endroit, le cheval de Wilhelmine s'abattit pour ne plus se relever.

Vladimir espéra encore une fois.

— Prenez mon cheval ? s'écria-t-il, prenez-le, Wilhelmine... il a le pied sûr et fort.

— Non, répondit l'héroïque jeune fille sans s'émouvoir, non... Les Autrichiens nous poursuivent sans doute, et je ne veux pas nous exposer, nous... C'est à Conrad que j'ai donné mon cœur et ma vie.... perte ou salut, tout nous est commun.... et puisque nous n'avons plus qu'une seule existence, la même cheval doit nous porter tous deux.... tous deux, c'est un seul !...

Et, légère comme une gazelle, elle s'élança d'un seul bond en croupe de Conrad.

Vladimir serra les poings et les dents avec fureur... Il lui sembla qu'un fer rouge lui traversait à la fois la tête et la poitrine... Il espéra que tout était fini et qu'il allait mourir.

Hélas ! le ciel ne fut pas assez clément pour le tuer avec cette affreuse souffrance !.....

— Allons !.... s'écria la voix nerveuse de Conrad, au galop !....

Et Vladimir éperdu lança de nouveau son cheval en avant.

Il ne voyait plus, il ne pensait plus, il ne vivait plus. Une atonie complète absorbait tous ses membres engourdis et ses pensées en délire. Mille images confuses, mille souvenirs amers passaient devant ses yeux épouvantés... Parfois il frémissait de colère en songeant à Wilhelmine s'élançant auprès de Conrad... Parfois aussi il souriait d'un sourire triste en reconnaissant ces solitudes où tant de fois il avait rêvé le bonheur et l'amour de Wilhelmine.

Mais ces lieux toujours si riants et si chéris, lui semblaient à cette heure sinistres et terribles. La nuit était sombre, et la fièvre la peuplait encore à ses yeux de fantômes étranges et mouvants.... Le pas des chevaux, les sifflements du vent, le bruit lointain de la cascade, les roulements du tonnerre qui commençait depuis quelques minutes à gronder sourdement, troublaient seuls le grand silence mystérieux de la montagne ; mais toutes ces voix de la nature hurlaient à ses oreilles des cris discordants de sarcasme, de vengeance et de haine. Déjà quelques éclairs rapides traînaient par l'immensité leur lumière rougeâtre et lugubre, comme de grands yeux errants et sataniques qui s'ouvraient, de minute en minute, pour le regarder passer, lui et les deux

amants réunis !.... Les rafales glaçaient et brûlaient tour à tour sa chair frémissante. C'était quelque chose d'effrayant et d'horrible.... Un rêve d'agonie... un supplice de damné.., il avait peur... il était fou !...

Et les deux amants s'enivraient d'espoir et d'amour.... Wilhelmine, effrayée par la nuit et par l'orage, serrait étroitement Conrad dans ses bras, et Conrad retournait vers elle son visage radieux en murmurant d'une voix douce et tendre :

— As-tu peur, mon ange ?

Et Wilhelmine répondait en se rapprochant encore :

— Non, je t'aime !

Puis Conrad ralentissait leur monture, et tandis que le vent mariait leurs cheveux flottants, ils se parlaient de cette voix harmonieuse et profonde qui ne parle qu'aux lèvres folles de désirs et d'amour !

Oh ! comme ils étaient heureux et ravis !...

Tout à coup, Vladimir se retourna sur son cheval et les aperçut à la lueur rapide d'un éclair.

Tout son sang lui sembla s'échapper de son cœur, qu'il sentit devenir froid et glacé comme la mort.

— Venez donc !... râla-t-il d'un cri strident et furieux.

Mais les deux amants ne l'entendirent pas ; ils n'écoutaient que la voix de leurs yeux.... Leurs yeux appelaient leurs lèvres, et leurs lèvres se confondirent dans un de ces baisers qui valent toute une éternité du paradis.

— Mais venez donc !.... cria pour la seconde fois Vladimir.

Un nouvel éclair déchira le ciel.

Et Vladimir vit les deux amants éperdus et embrassés !

Alors son délire et sa rage atteignirent leur paroxysme... Hors de soi, oubliant les dangers et les précipices, il s'abandonna au hasard et lança son cheval au galop...

Mais toutes les voix de la nuit et de l'orage se réunirent pour peupler l'atmosphère de bruits de baisers, qui ne se taisaient que pour siffler à son oreille ces mots sanglants et moqueurs :

— Elle l'aime !... elle l'aime !... elle l'aime !...

La foudre éclata, et cette grande voix lui semblait crier en tonnant du haut du ciel :

— Venge-toi !... venge-toi !... venge-toi !...

Tout à coup le cheval, lancé au galop, atteignit les bords du *Trou-de-l'Enfer.*

Déjà le sol manquait sous ses pieds...

En vain à la lueur d'un éclair illumina les profondeurs de l'abîme ; en vain le cavalier se rejeta en arrière en tirant la bride avec toute la force de la peur ; en vain le cheval épouvanté se cabra par un nerveux et soudain effort.

Tous deux tombaient !...

Mais le diable, qui se tenait à l'affût dans son terrier, ne voulut pas se contenter d'une seule victime.

A son ordre, tout l'essaim des esprits infernaux s'élança du fond du précipice afin d'empêcher la chute, et rejeta sur le bord le cheval frappé de stupeur, qui recula tout hérissé jusqu'au flanc de la montagne.

Vladimir aussi venait d'entrevoir l'irruption infernale, et déjà le malheureux ne s'appartenait plus à lui-même...

Il était la proie des démons, dont les sifflements perfides l'excitaient à la jalousie, au meurtre, à la vengeance.

— Les voilà !... hurlaient-ils... les voilà !... ensemble, enlacés... les lèvres contre les lèvres. Ils s'aiment... Venge-toi !...

En effet, les deux amants entraient dans la petite plaine plantée d'arbres, où vous m'écoutez à cette heure...

Le cheval de Vladimir barrait la route.

Tout à leur bonheur, à leur amour, ils ne remarquèrent ni la pâleur, ni le désordre du cavalier.

— Vladimir ! s'écria légèrement Conrad, pardon de t'avoir fait attendre !... Je me presserai désormais... Montre-moi la route, et je vais marcher le premier...

Vladimir ne répondit pas.

L'œil hagard, la bouche béante, il écoutait le diable qui lui sifflait à l'oreille :

— Ils s'aiment... mon enfer est là... venge-toi !...

— Réponds, reprit Conrad, où est la route ?...

— Venge-toi !... disait le diable d'une voix impérieuse et tentatrice.

— Eh bien !... cria Conrad avec surprise, tu restes muet... tu m'en veux ?... Allons, puisque tu refuses de me dire de quel côté est le chemin, au moins indique-le-moi du doigt.

Alors le diable lui-même saisit le bras de Vladimir avec ses doigts crochus, et, le levant à son gré, il l'étendit dans la direction de l'abîme...

— Merci, frère ! s'écria Conrad en partant au galop.

Les deux amants passèrent si près de Vladimir que Wilhelmine s'épouvanta de ses regards sauvages et de son sourire qu'animait la soif de la vengeance.

Elle jeta un cri d'effroi.

Mais il était déjà trop tard !...

Le cheval s'abîmait dans le cratère du précipice.

Les deux amants s'embrassèrent dans une suprême et commune étreinte, et disparurent à jamais...

Aussitôt le tonnerre tomba sur le bord de l'abîme, et tous les démons répondirent par un éclat de rire terrible à l'éclat retentissant de la foudre !...

VI

En cet endroit de son récit, le guide s'arrêta brusquement et se couvrit la figure de ses deux larges mains.

Moi-même je ne pus me défendre d'un certain frisson qui me fit tressaillir comme au contact d'une eau glacée.

Nous étions là tous les deux et seuls au milieu de cette étroite plaine suspendue aux flancs rocheux de la montagne... Nous nous trouvions précisément à la place où s'était accomplie la dernière scène de cet épouvantable drame.

Le _Trou-de-l'Enfer_ entr'ouvrait à nos yeux sa gueule sombre et béante.

J'y jetai un regard d'effroi...

Dans ce moment même, un immense nuage noir rasait la cime du mont Tarara, et passait entre les neiges du géant et les rayons interceptés du soleil.

Cette grande ombre glissa lentement sur le _Trou-de-l'Enfer_ comme le crêpe sinistre d'un long voile de deuil.

Involontairement je fermai les yeux...

Soit que mon imagination fût frappée des fantastiques détails de cette lugubre histoire, soit que cette nuit subite allumât des lueurs étranges au fond de mes songeries éblouies par la lumière et le vertige, je crus voir ressusciter devant moi tous les personnages du drame que le langage pittoresque et sonore du vieillard hongrois venait d'évoquer du fond de cette fournaise de l'enfer...

Oui... je vis les deux amants disparaître au milieu d'un dernier sourire et d'un dernier baiser... Je vis le malheureux Vladimir, écumant, livide, hagard, et se rejetant en arrière sur la croupe de son cheval à l'œil sanglant, aux narines gonflées par la terreur, à la crinière hérissée... Je vis tourbillonner de toutes parts des démons aux formes hideuses, aux couleurs bizarres... J'entendis leurs cris, leurs rugissements, leurs rires et jusqu'au frôlement de leurs ailes qui semblaient battre l'air autour de moi...

C'était horrible !... Je rouvris les yeux...

Mais non...

Le nuage avait disparu... Le soleil brillait plus radieux encore et faisait papilloter dans le prisme des neiges les tendres et fugitifs reflets de l'arc-en-ciel... Tout était calme et rayonnant, et les bords mêmes de l'abîme s'arrondissaient comme une vaste corbeille de verdure et de fleurs, en parfumant la brise d'une senteur aromatique et sauvage.

Enfin le guide me regardait d'un œil humide et doux, un sourire candide et triste sur les lèvres.

— Mais, lui dis-je avec émotion, comment a-t-on pu connaître tous les détails de cette affreuse catastrophe ?... car personne n'en fut le témoin à partir de la sortie de la ville.

— Oh !... me répondit le vieillard, on vous la racontera de cent façons, car c'est l'entretien favori de toutes les veillées, et longtemps après que nous ne serons plus ni l'un ni l'autre, l'imagination des ama fils brodera toujours sur ce texte terrible, devant l'âtre pétillant des chaumières hongroises... Mais deux personnes seulement ont su la vérité...

— Et lesquelles ? demandai-je avec empressement.

— Moi !... répliqua le vieillard avec un certain orgueil, et le digne prêtre qui assista Vladimir avant de marcher au supplice.

— Comment ! m'écriai-je, Vladimir ne fut pas tué par la foudre qui tomba sur les bords du _Trou-de-l'Enfer_ ?

— Oh ! non, monsieur, murmura le vieillard, Satan se plaît à faire souffrir longtemps ses victimes... Déjà il avait empêché l'infortuné Vladimir de tomber dans le précipice... et, cette fois encore, il ne lui permit pas de mourir... A peine le tonnerre eut-il quitté les voûtes du ciel que le diable étendit le bras vers son antre, et la foudre, filant le long de ce bras, s'abîma dans le précipice à la poursuite des deux amants. Puis Satan jeta un cri de triomphe, fit un geste de

commandement, et tous les démons se ruèrent sur Vladimir, comme une cavalcade de chasseurs acharnés et terribles...

Et voici ce qui se passa sur les bords de l'abîme.

VII

Le cheval partit au galop, en jetant à chaque bond des hennissements épouvantables.

Et tous les démons s'élancèrent à sa poursuite, les uns voltigeant dans l'air, les autres courant sur les rochers, tous excitant encore cette course frénétique et désordonnée du fracas de leurs cris et de leurs menaces.

Quelques-uns même frappaient avec des fouets dont les lanières étaient des jets de flamme rouge et dardante.

Aussi le cheval courait plus rapide que le souffle de la tempête.

En vain Vladimir voulait-il se jeter à terre et fuir ce supplice atroce.

Les démons le maintenaient de droite, de gauche, en avant, en arrière, sur cette selle fatale où l'enfer semblait le river à jamais.

Et le cheval courait plus fort, emportant le cavalier, qui, droit, immobile, terrifié, éprouvait déjà de son vivant toutes les tortures des damnés...

Sur leur passage, les épines s'allongeaient comme des poignards, les rochers se dressaient comme des griffes de pierre ; et le cheval et le cavalier laissaient à tous les buissons, à tous les cailloux, des gouttes de leur sang et des lambeaux de leur chair.

Et tous deux couraient encore...

Vingt fois ils passèrent au-dessus des gouffres, ils traversèrent des précipices ; mais tantôt les démons, voltigeant dans l'air, soutenaient le cavalier par la chevelure, le cheval par la crinière et par la queue ; tantôt ceux qui couraient à terre se jetaient en travers des abîmes, comme des ponts faits d'un serpent détordu !...

Puis, chaque fois qu'une heure était accomplie, le silence succédait tout à coup au tumulte, et le diable criait d'une voix qui faisait trembler la montagne :

— Caïn !... qu'as-tu fait de ton frère ?...

Et le cheval et le cavalier couraient toujours !

Et toute la nuit ils coururent au milieu de ces tortures et de ces épouvantes...

Enfin le jour parut.

Alors tous les démons, chassés par le premier rayon du soleil, rentrèrent précipitamment dans le _Trou-de-l'Enfer._

Vladimir se retrouva seul au pied de la montagne.

Brisé, sanglant, éperdu, et n'ayant plus qu'une seule pensée, qu'un seul désir.

La mort !...

Devant lui se trouvait un bataillon d'Autrichiens.

Il se précipita dans leurs rangs, combattit pendant près d'une heure et finit par tomber au pouvoir de ses ennemis.

Couvert de blessures, mais, hélas ! vivant encore !...

Il fut deux mois avant de retrouver la raison, avant de revenir à la vie.

Mais les Autrichiens ne voulaient pas perdre une victime, et tous les soins possibles lui furent prodigués.

On ignorait qu'il fût prisonnier, et ses amis n'apprirent son existence qu'en apprenant son supplice.

Mais seul je pus lui parler, et par un bien affreux hasard.

Il ne restait plus dans les cachots qu'un enfant et un moribond... Vladimir et mon fils !...

On devait les fusiller le lendemain !...

Larmes, supplications, tout fut inutile.

Mais comme je sortais d'embrasser mon enfant pour la dernière fois, le geôlier me fit entrer mystérieusement dans un autre cachot.

Et là je retrouvai le malheureux Vladimir...

Livide, décharné, les cheveux blancs déjà comme un vieillard.

Il m'apprit tout en sanglotant.

Comme il finissait, l'aumônier de la prison entra.

Je me retirai dans un coin du cachot.

La confession ne fut pas longue. Le pauvre Vladimir n'avait, dans toute sa vie de vingt ans, qu'une seule heure marquée d'une tache...

— Espoir et courage, mon fils ! dit le prêtre en étendant les mains au-dessus de la tête du coupable, Dieu pardonne à l'égarement, au repentir et à la souffrance... Il vous accueillera tout à l'heure là-haut... et moi je vous bénis !...

— Courage, monsieur Vladimir! ajoutai-je en m'approchant, vous avez la bénédiction d'un prêtre, recevez celle d'un vieillard qui vous la donne du fond du cœur... Vous allez recevoir le coup fatal en même-temps que mon fils... Je vais là-bas prier pour tous les deux et vous voir tous deux mourir.

J'eus ce courage là, monsieur!...

On les fusilla ensemble, à la fois, du même coup.

Quand tout fut fini, je courus vers la montagne pour y cacher mes larmes et mon désespoir...

Mais la montagne n'était pas déserte ce jour-là...

Une foule immense se dirigeait vers le *Trou-de-l'Enfer* sur les pas du prêtre qui venait de recueillir la confession du supplicié.

On descendit au fond du gouffre, mais, hélas! on ne retira que deux squelettes aux mains encore unies, qu'on enterra, sans les séparer, dans le cimetière d'Hermanstadt, à côté des deux fosses de Vladimir et de mon fils.

Mais on n'a pu retirer du *Trou-de-l'Enfer* que deux cadavres. Les âmes des amants sont restées captives dans cette fournaise infernale; et chaque soir, dès que vient la nuit, les bergers, qui rappellent leurs chèvres errantes sur les montagnes voisines, voient avec effroi les âmes des deux amants, délivrées pour quelques heures, sortir du *Trou-de-l'Enfer*, glisser ensemble comme deux blancs fantômes, et quelquefois s'asseoir sur la mousse odorante qui borde leur prison d'un velours épais et verdoyant.

Vous souriez, monsieur! et je vois remuer votre tête incrédule...

Il est bien des impossibilités sur terre, c'est vrai; mais, au-delà de la vie, le bon Dieu seul est le maître, et rien n'est impossible!...

VIII

En achevant ces paroles, le vieillard s'arrêta un instant, puis il me dit :

— Vous connaissez maintenant cette histoire : vous souviendrez-vous de votre serment?

— Oui, répondis-je; mais pourquoi ne me demandez-vous rien pour l'âme de votre propre fils?

— Les autres étaient coupables, soupira le guide; car les deux amants sont morts, hélas! dans l'enivrement d'un amour qu'un prêtre n'avait pas encore béni!... Et mon fils, martyr de dix-sept ans, mourut, dans sa robe d'innocence, plus pure et plus blanche que la neige des montagnes!

Et le vieillard, se levant pour cacher ses larmes, reprit son ascension vers les cimes du mont Tatara.

Inutile de dire que, depuis lors, je n'ai jamais manqué au serment imposé par le guide au commencement de son récit : chaque année, au jour anniversaire de la mort des amants, je commande fidèlement quatre messes au vieux curé de ma paroisse... une pour Vladimir, une pour Wilhelmine, une pour Conrad... et une autre pour le fils de mon guide hongrois, pour l'enfant du bon vieillard qui m'a raconté cette histoire!...

RETOUR DE SÉBASTOPOL

I

Ceci n'est pas une historiette artistiquement préparée, minutieusement décrite; c'est un simple fait, brutal, instantané, terrible... un drame qui n'a duré qu'une seconde... une réalité prise au daguerréotype... une photographie sans retouche.

Il y a de cela une heure à peine... O mon Dieu! oui... pas plus d'une heure... à la station d'Armentières, où nous attendions le convoi qui devait nous ramener à Lille, après une joyeuse chasse dans l'une des plus verdoyantes plaines que je connaisse, un vrai paradis flamand.

Le temps avait été magnifique durant toute notre excursion; le soleil, penchant vers son déclin, égayait encore les campagnes, animées de toutes parts par le retour des champs. L'air était plein de ces mille bruits qui sont les divins concerts de chaque soir; les oiseaux eux-mêmes semblaient redoubler leurs chansons, comme afin de remercier le ciel de cette belle journée, la dernière peut-être de l'automne !

Il n'y avait pas jusqu'à la petite station d'Armentières qui ne semblât en fête. La gare et ses alentours, d'habitude si déserts et si muets, nous apparut ce soir-là fourmillante et babillarde comme au grand jour de la kermesse patronale. On eût dit que le village s'y était donné quelque allègre rendez-vous. Hommes et femmes, enfants et vieillards, fillettes et garçons, tout le monde était là, qui formant des groupes impatients, qui dans les attitudes plus impatientes encore, alignés tout le long du treillage dont est bordée la voie de fer.

Évidemment on attendait quelqu'un; sans doute quelque grand personnage ?

Mais lequel ? Mais était-ce de Dunkerque ou de Paris, car les deux trains allaient arriver presque en même temps à la station d'Armentières ?

La curiosité tous à la fois nous poussant, tous à la fois nous cherchâmes des yeux certain gamin rencontré sur nous sur la lisière du bois, et qui, malgré l'appât de la récompense promise, n'avait consenti à charger nos carnassières dans sa hotte que lorsqu'il avait appris que nous nous rendions également à la station prochaine.

Stupéfaction générale !

Petit-Pierre avait disparu...

Et le gibier aussi ?

Rassurez-vous... non... Petit-Pierre est un honnête gamin. Il avait pris les devants, voilà tout... Il avait couru jusqu'à l'extrémité de la muraille humaine qui longeait la voie, et présentement, par-dessus le treillage, lui aussi il regardait, il écoutait anxieusement dans la direction de l'Est.

Premier point éclairci. Le voyageur, si universellement attendu, devait arriver de Paris.

Afin de pénétrer le reste du mystère, nous appelâmes en chœur le dépositaire de nos perdreaux.

Pas de réponse.

Petit-Pierre, absorbé dans l'impatience communale: Petit-Pierre, devenu tout yeux et tout oreilles ; Petit-Pierre, bien que toujours sa hotte aux épaules, avait incontestablement oublié la chasse et les chasseurs.

De guerre lasse, l'un de ceux-ci se détacha de la bande, et bon gré mal gré, l'arrachant du treillage, finit par l'amener devant nous.

— Que se passe-t-il donc ici?... Qu'attendent tous ces braves gens?... Qu'attends-tu, qu'as-tu donc toi-même, Petit-Pierre ?

— Ce que j'ai, répondit-il avec une impétueuse fierté. Ce que tout le monde attend... ce qui va arriver... Eh ! parbleu, mon frère Bernard, qui revient de Sébastopol !...

II

Quelques secondes plus tard, nous formions demi-cercle autour de Petit-Pierre, qui ne demandait pas mieux que de parler maintenant, car tous à l'envi nous l'interrogions sur son frère.

Mais, avant de nous satisfaire à l'égard du héros attendu, Petit-Pierre commença par nous mettre au courant des principaux personnages et surtout l'attendaient.

— Voilà les amis !... expliquait-il d'une voix plus émue. Voici les voisins, les parents... Voici le père, la mère, les petits frères... Voici Thérèse là-bas, c'est la promise de Bernard !...

Et nous de comprendre enfin, de suivre son geste éloquent, de reconnaître les visages et les sentiments au fur et à mesure qu'il nous jetait les noms.

Le père était un vrai bonhomme des champs, qui pouvait à peine suffire à serrer toutes les mains qui cherchaient sa main, qui pouvait encore moins répondre à toutes les voix amies, qui sans doute lui répétaient sur tous les tons de l'enthousiasme villageois : Vous devez être diantrement content, père Mathias !

Au milieu d'un groupe de franches commères, groupe beaucoup plus babillard que celui des hommes, madame Mathias recevait aussi sa part de compliments ; mais la pauvre mère avait le cœur trop joyeusement serré ce jour-là pour qu'il en sortît une seule parole ; elle se contentait de pleurer, tout en calmant ses deux plus jeunes enfants, qui, suspendus à son jupon rayé, lui criaient incessamment de leurs deux petites voix tout en fête : « Où donc est le grand frère, maman ? quand donc allons-nous embrasser Bernard ? »

Quant à Thérèse, la promise... une douce et belle paysanne, ma foi ! elle se tenait à l'écart, elle... elle était seule légèrement exhaussée sur un tertre vert, immobile, les deux mains comprimant son cœur, le corps aspirant à s'élancer dans la direction par laquelle arrivait son fiancé, l'haleine suspendue, la lèvre entr'ouverte, l'âme noyée dans une telle extase, qu'on eût dit une statue, sans l'agitation de ses blonds cheveux qui flottaient au vent sous un rayon de soleil.

Thérèse... Oh ! Thérèse, je n'eus besoin que d'un seul regard pour deviner en toi l'un de ces amours vrais, primitifs, immenses, qui ne fleurissent plus que bien rarement, hélas ! tout au fond des campagnes, sous l'œil même de Dieu, qui les fait éclore !

Mais en ce moment, un grand bruit de clameurs et de fanfares retentit tout à coup du côté du village.

Toutes les têtes se retournèrent.

Hormis toutefois celle de Thérèse, qui ne cessa pas de regarder vers Paris.

Que lui importait à elle ce qui se passait en arrière. Le village eût été en feu, la terre se fût entr'ouverte, la foudre fût tombée sur ses talons, qu'elle n'eût pas même bougé. Que lui importait, ce n'était pas de ce côté-là que devait arriver Bernard !

III

— C'est grand'maman ! s'était écrié Petit-Pierre. Bravo ! les voilà qui apportent grand'maman !...

Un touchant cortège effectivement s'avançait.

Un gothique fauteuil reposait sur les robustes épaules de quatre grands gaillards enrubannés des pieds à la tête.

Sur ce fauteuil, une vieille paysanne, presque centenaire, paralytique sans doute, car il n'y avait plus en elle de vivant que ses yeux.

Mais ces yeux-là brillaient comme s'ils n'avaient eu que quinze ans.

Dame ! elle avait voulu voir en même temps que les autres son petit-fils... elle le verrait !

On déposa l'aïeule tout près du treillage, bien en face de l'endroit où devait s'arrêter le convoi, on se groupa de nouveau tout à l'entour de son grand fauteuil.

Et ce furent des acclamations, des fanfares, des éclats de rire, des vive Bernard !

O mon Dieu ! mon Dieu ! comme tous ces braves gens-là étaient heureux !

Puis, un instant après, un nouvel incident...

Le garde champêtre avec son uniforme tout neuf.

Monsieur le maire, orné de son écharpe.

Enfin, monsieur le curé !

Toutes les autorités, religieuses, civiles et militaires du hameau !

Il n'y manquait que des gendarmes, il en arriva deux, dont un à cheval !

En vérité, en vérité, je vous le dis, l'Empereur fût passé par là, que la fête eût été moins complète !

— Ah ça ! dimes-nous cependant à Petit-Pierre. Ah ça ! monsieur Bernard est donc bien unanimement aimé, pour qu'on célèbre ainsi son retour ?

— S'il est aimé !

IV

— D'abord et d'une, commença Petit-Pierre avec une orgueilleuse volubilité : Faut vous dire que Bernard est le garçon le plus doux, le plus honnête, le plus dévoué, le plus brave garçon du département, et peut-être bien même de la France, qui est cependant le pays des bons enfants !

Tout petit, à l'école, on l'aimait déjà, car bien qu'il fût le plus savant, il était aussi le plus modeste ; car bien qu'il fût le plus fort, il ne se servit jamais de sa force que pour protéger les faibles.

Il n'avait pas treize ans que, lors de la grande inondation qui submergea le village, il sauva je ne sais plus combien de monde... Mais ils sont là tous, Messieurs... On n'est pas ingrat, chez nous, personne n'a oublié !

Plus tard, Bernard étant un homme déjà, voilà qu'un taureau furieux s'échappe dans la rue... Il y avait là une toute jeune mère avec un tout petit enfant dans ses bras...

Perdus, perdus tous deux !

Oui, sans Bernard, qui se jeta au-devant du terrible animal, qui vous l'empoigna sans faire ni une ni deux par les cornes, et qui le terrassa, comme un ancien... Enfoncé le taureau !

Voici la mère là-bas, dont le rire montre les dents blanches... Voici le marmot qui joue autour d'elle... sain comme l'œil !

Enfin, il y aura trois ans à la Saint-Martin... Ça j'y étais déjà, et en âge de comprendre... aussi je m'en souviens comme si c'était hier.

Le feu prend à un chaume...

La rivière à sec... un vent de tous les diables qui venait de la mer !

Tout le monde était de là, terrifié, ne sachant que faire.

Bernard n'hésite pas, lui, prend une hache, s'élance dans les flammes, abat le chaume, isole l'incendie, et finalement retombe au milieu de nous, évanoui, tout en feu...

Mais tandis qu'on l'emporte, M. le maire et M. le curé disent à haute voix :

— Sans Bernard, mes enfants, demain matin le village n'était plus que cendres !

On le savait bien.... c'était la vérité !

Et cent autres choses encore... On n'en finirait plus si l'on voulait tout conter.

Mais... pour les gendarmes que voilà, par exemple... Ils venaient de se rencontrer avec des braconniers... la nuit... on se tiraient déjà des coups de fusil... Il y allait avoir du sang de répandu.... peut-être bien, quelques mois plus tard, un échafaud dressé sur la grande place de Lille !

— Laissez-moi faire ! que dit Bernard.

Et malgré les balles qui sifflaient par-ci par-là, il s'engage dans le taillis, parle aux braconniers, leur prouve que ce qu'ils ont de mieux à faire c'est de se rendre, et, pas plus tard qu'au bout d'un quart-d'heure, voilà-t-il pas qu'il vous les ramène doux comme des moutons vers les gendarmes étonnés.

C'est ça du vrai courage !

Et puis, comme il est bon !

Bon pour les parents, les vieux, les petits, les moyens, qu'il dorlotte, qu'il cajole, qu'il fait tour à tour rire et pleurer, ni plus ni moins que les uns que les autres.

Bon pour les pauvres, avec lesquels il eût partagé son manteau... s'il en avait eu un.... comme le grand saint à cheval dont l'image est dans notre église.

Vous souriez, messieurs,... vous vous imaginez peut-être que c'est de l'exagération fraternelle !

Demandez un peu pour voir à la veuve de Brideau, que voilà là-bas, si, du temps que ses enfants étaient encore petits, Bernard n'allait pas chaque dimanche cultiver son champ... histoire de se reposer, quoi !

Et à Joseph Mathieu donc... que voici là tout près de nous... si lors de la blessure qui le retint au lit durant plus d'un mois, le frérot ne trouva pas moyen de faire sa besogne tout en expédiant la sienne, et chaque soir ne lui rapportait pas exactement le salaire de la journée ?

Et tant d'autres !

Un lion... que je vous dis... pour le travail.

Pour la bonté, pour la tendresse, pour le dévouement, un vrai chien.

C'est sa nature, voyez-vous bien... le moule en est cassé... il n'y en a pas deux comme ça.

Ah ! si fait... il y a Thérèse !

V

— Thérèse, poursuivit Petit-Pierre avec une émotion si profondément sentie qu'elle commençait à nous gagner nous-mêmes, Thérèse n'est pas moins aimée que son fiancé dans le hameau.

C'est que, pour le hameau, elle a fait exactement ce que faisait son promis.

Jamais il n'y a eu dans les environs un accident, une misère, une douleur, sans que la brave fille aussitôt ne se soit trouvée là, souvent pour secourir... pour consoler toujours.

Et n'allez pas croire que ça lui coûte au moins ! non... comme elle le dit elle-même, c'est son bonheur de passer les nuits aux chevets des malades, de se tuer le corps et l'âme pour ceux qui ne peuvent pas ou qui ne peuvent plus travailler, de changer partout sur son passage les larmes en sourires, surtout de se faire la mère de tous les pauvres petits enfants orphelins, qu'elle aime à la folie, et sans quelqu'un desquels il est bien rare qu'on la rencontre jamais...

Et tout ça, sans faire plus d'embarras ni de bruit qu'elle n'en fait maintenant.

Une vraie sœur de charité... quoi !... tout à fait en femme ce qu'en homme est Bernard.

Étant aussi pareils de cœur, naturellement ils devaient s'aimer.

Ça commença dès leur enfance... sitôt qu'ils purent marcher, dès leur première rencontre... bien souvent ils me l'ont répété l'un et l'autre... on eût dit qu'ils se reconnaissaient, et que, moitié d'une même âme séparée jadis en deux corps, ils se retrouvaient tout à coup pour ne plus maintenant en refaire qu'une.

On les rencontrait ensemble... toujours ensemble... le regard en haut et balançant leurs deux mains, l'une à l'autre accrochées par le petit doigt.

Ils grandirent ainsi... L'âge vint... Avec l'âge, l'idée toute naturelle de les faire mari et femme. N'avaient-ils pas été créés et mis au monde tout exprès pour cela ? N'était-ce pas la volonté bien évidente du bon Dieu ?

Aussi ce fut M. le curé qui le premier en parla.

Les autres n'y songeaient pas, tant ils regardaient la chose comme ne pouvant être autrement.

— Nous n'avons d'argent ni les autres, ni les autres, se dirent les pères et mères, il n'y a donc pas d'obstacle à ce que nos enfants soient heureux !

Restait seulement la conscription qu'il fallait attendre.

Mais Bernard était si bon, qu'on attendit sans inquiétude, tant et si bien l'on était persuadé que le ciel lui devait un bon numéro.

Le grand jour arriva.

Bernard retira du sac le numéro 327.

Quelle joie !

Il est vrai qu'on avait tant prié !

Mais hélas ! cette joie-là ne devait être qu'un feu de paille !

Bien loin que le ciel protégeât Bernard et Thérèse, la fatalité s'empara tout à coup de la direction des choses...

Il y eut tant de réformés lors de la révision, que jusqu'au 330 on partit.

Or, Bernard avait le 327 ; trois numéros de plus et il était sauvé !

Ce fut une consternation générale dans le village ; on s'abordait d'un air aussi triste que si les cosaques eussent de nouveau franchi la frontière ; les vieux se serraient la main en branlant la tête, les jeunes s'en allaient répétant au seuil de chaque maison : Pauvre Thérèse ! pauvre Bernard !

Il s'en trouva qui leur dirent :

— Bah ! Passez la frontière, et il n'y aura de vraiment malheureux que nous autres qui perdons votre amitié !

— Non, répondit fermement Bernard, non ; c'est la loi, c'est le devoir !

— Bien ! se contenta de murmurer Thérèse.

Les riches cependant s'étaient émus. Il n'y en a pas beaucoup chez nous, et ils ne le sont guère.., mais ils se souvenaient. M. le maire et M. le curé se mirent en tête. On fit une collecte. Les plus pauvres donnèrent de tout cœur leurs dix sous. Le total monta à près de mille francs. Une seconde fois il fut permis d'espérer que Bernard ne serait pas soldat.

Mais c'était il y a dix-huit mois de cela. La guerre avec la Russie venait d'éclater, les remplaçants tout à col,, venaient de monter à mille écus.

Après un inutile effort, on retombait de plus haut encore dans le désespoir.

Bernard seul resta calme, et rendant les mille francs à M. le maire et à M. le curé :

— L'hiver est rude, dit-il, le pain sera cher ; tant mieux que je parte après tout, cet argent, sera pour les pauvres.

— Bien ! dit encore Thérèse. Et elle lui serra la main.

Bernard partit donc.

Par bonheur il allait au camp de Saint-Omer, à douze lieues de chez nous.

— Ton frère serait trop triste s'il ne me voyait pas, vint me dire Thérèse dès le premier samedi après le départ ; demain matin, Petit-Pierre, viens me réveiller avant le soleil.

Quand je frappai dès l'aube à sa chaumière, Thérèse elle-même vint m'ouvrir la porte, elle était déjà prête.

Nous partîmes.

Sans doute elle avait écrit à Bernard, nous le rencontrâmes à moitié chemin.

Et chaque dimanche désormais, sur la lisière d'un bois, au plus désert des campagnes, sous les grands rameaux d'un vieux chêne dominant une colline, Thérèse, Bernard et moi, nous passions deux bonnes heures ensemble.

Comme autrefois, ils se prenaient par la main, ils regardaient longuement le ciel, ils se répétaient avec de si douces voix qu'elles me semblaient une musique : Je t'aime, Thérèse !.. Bernard m'aimes-tu toujours ?

Puis, nous reprenions la route du village. A la première colline on se retournait. Bernard était encore au pied du chêne. On restait un grand quart-d'heure à se regarder de loin, on s'envoyait un dernier adieu... puis un soupir... Et rattrapons le temps perdu !.. Six lieues pour aller, pour revenir autant, en tout douze... chaque dimanche comme ça...

Et le lundi, Thérèse n'en était que plus alerte encore à l'ouvrage... Brave sœur, va !

Ça alla de même durant trois mois.

Mais... tout à coup... terrible nouvelle...

Le régiment de Bernard part pour l'Orient.

C'est pour le coup qu'il y eut chez nous de la vraie douleur.

Bernard lui-même, Bernard pleurait.

— Je ne suis pas fait pour la guerre, disait-il. La vue du sang me fera reculer... j'en réponds... j'aurai peur...

Peur... lui... Bernard... allons donc !

A la première bataille... à l'Alma, messieurs, ce lâche-là trouva moyen d'arriver le premier, de conquérir un drapeau, de mériter la médaille.

Et sans égratignure encore.

Lorsque la lettre arriva chez nous, si on ne les avait pas retenus, messieurs, on illuminait.

Vers le milieu de l'hiver, Bernard était caporal.

Aux premières feuilles vertes... sergent.

A chaque lettre enfin, quelque bonne nouvelle.

Aussi comme on les lisait, comme on les relisait, chez nous d'abord... puis dans chaque maison du hameau... une fois même à l'église, au prône... mêmement que tout le monde pleurait en écoutant M. le curé, qui fut contraint de s'interrompre à trois fois, car les larmes le gagnaient lui-même !

Pour répondre, c'était la même chose. Il fallait que chacun y mît son mot, son compliment, sa caresse.

Vint enfin la dernière affaire... la grande... Malakoff... vous savez... La prise de Sébastopol...

Rien... rien... pas de lettre !

Et l'on disait que dix mille Français avaient été tués.

Quelle angoisse !

Enfin le piéton arrive chez nous... en courant... tout hors d'haleine.

On brise en tremblant le cachet... on lit...

Blessé, — amputé...

Oui... mais c'est à la main... c'est d'un doigt seulement... c'est de la chance...

Car le sergent Bernard a son congé, six cents francs de pension, la croix d'Honneur!

Cette fois, pour tout de bon, on illumina... l'autorité disant que c'était pour Sébastopol... tout le monde pensant que c'était pour Bernard.

Puis une lettre de Marseille.

Une dernière enfin de Paris.

Hier soir.

Et celle-là disait : J'arrive demain, qui est donc aujourd'hui.

Tout à l'heure.

Et voilà pourquoi vous voyez ici le père Mathias, la mère, les frères, la parenté, les amis...

Thérèse.

Tout le village.

C'est que Bernard n'est plus seulement pour quelques-uns une affection... un amour...

C'est que pour tous maintenant c'est une gloire!

VI

Rien de croyant, rien de passionné, rien de fier comme Petit-Pierre à cette péroraison héroïque.

Mais elle fut interrompue tout à coup par le gigantesque sifflet des deux locomotives qui arrivaient enfin en même temps.

La nôtre un peu la première.

Mais personne de nous n'y fit attention.

Car le récit de Petit-Pierre nous avait profondément intéressés... car l'universelle émotion nous gagnait le cœur... car nous aussi nous arrivions, nous attendions maintenant Bernard.

Il arrive... le voilà... le voilà... le voyez-vous...

Debout dans un wagon de troisième classe, le corps tout entier sorti par une des fenêtres, le visage rayonnant de joie, un mâle et beau visage, je vous le jure, auquel vont à merveille les moustaches, l'uniforme, sa médaille, sa croix.

Il crie : Me voilà, il tend les bras.

Sur toute la ligne du treillage prêt à rompre, tous les bras sont tendus, toutes les mains s'agitent, toutes les voix entonnent des fanfares d'allégresse.

Hormis toutefois Thérèse, toujours immobile et muette, mais le corps tellement penché en avant qu'elle semble ne plus se soutenir que par un miracle d'équilibre.

L'aïeule elle-même, l'aïeule paralytique, s'est soulevée.

Jamais, non jamais cœurs humains n'ont été si transportés d'une folle joie.

Mais pourquoi la locomotive conserve-t-elle encore tant de vitesse? Quel contre-temps! il va lui falloir revenir sur ses pas. Mais pourquoi les employés courent-ils ainsi vers le wagon de Bernard en criant avec une sorte d'effroi : Arrêtez!... que encore... arrêtez!...

C'est que le wagon de Bernard s'est ouvert... c'est que Bernard n'a pas la force d'attendre davantage, qu'il va s'élancer... qu'il s'élance...

Mais bah!.. pourquoi craindre?.. n'a-t-il pas l'élan de l'amour... ne va-t-il pas bondir dans les bras tendus vers lui?

Eh bien! non... non...

Un faux pas... Il tombe... il disparaît dans la voie profonde. Un cri, un broiement affreux... puis le convoi qui passe en ne laissant plus derrière lui qu'une masse informe, immobile, ensanglantée.

Oh! c'est horrible... horrible...

Cette joie... ce père... cette mère... cette fiancée...

Horrible... Oh! oui horrible.

Nous n'osâmes pas même regarder, nous nous élançâmes follement dans l'autre convoi, heureux de ce qu'il repartît aussitôt, comme épouvanté aussi de ce qu'il venait de voir.

Au détour de la route, cependant, je me retournai.

A la station d'Armentières, sur la voie même, il y avait un groupe... dont se fût enthousiasmé le pinceau d'un grand maître.

Mais j'y cherchai vainement Thérèse.

VII

J'avais passé toute la nuit à écrire fiévreusement ces pages.

Tout le jour j'errai à l'aventure ainsi qu'un homme frappé de stupeur.

La nuit suivante, mon sommeil fut affreux.

J'avais toujours dans l'oreille le récit de Petit-Pierre, toujours devant les yeux ce que je n'avais fait qu'entrevoir au détour du chemin de fer.

Vers le matin, j'entendis confusément des tambours passer dans la rue.

— Qu'est-ce donc? demandai-je en me levant.

— Un détachement qui va assister aux funérailles d'un chevalier de la Légion d'honneur, d'un pauvre sergent écrasé sur le chemin de fer...

Je n'en entendis pas davantage, je courus à la gare, je retournai à Armentières.

Déjà la triste cérémonie était close, déjà l'humble cimetière était redevenu désert.

Deux tombes fraîchement recouvertes frappèrent mes regards. Pourquoi deux?

J'interrogeai le fossoyeur qui ramassait ses outils.

— Ici, Bernard... me répondit-il.

— Et là, côte à côte?

— Thérèse!

Ces deux seuls mots me disaient tout.

Un instant après, je passai dans le village.

Tout était clos, muet, morne.

Petit-Pierre tout à coup me tomba dans les bras en sanglotant.

Mais son regard effaré m'indiquait une chaumière, la seule dont la porte fût ouverte.

Là, dans un clair-obscur à la Rembrandt, je distinguai :

D'abord l'aïeule paralytique, toujours assise dans son grand fauteuil, toujours immobile, mais dont l'œil lui-même, cet œil si brillant l'avant-veille au soir, semblait éteint, mort comme le reste.

Étendue sur le carreau, le corps palpitant encore des dernières convulsions d'une crise de désespoir, la pauvre mère cachait sa tête affolée dans le sein de son mari, qui la soutenait, agenouillé près d'elle en pleurant.

Près d'eux, le curé, une main sur l'épaule du père, l'autre main levée vers le ciel.

De l'autre côté, sous un rayon du soleil couchant, les deux petits frères jouaient avec la croix et la médaille, que sans doute le curé venait de rapporter du cimetière.

Pauvre Bernard! C'est donc pour leur rapporter ces deux joujoux-là que tu étais revenu de Sébastopol!

LE LAC DES TEMPÊTES

I

JOCELYNE

Il y a quelques trente années de cela, vers le soir d'un beau jour d'automne, le voiturin qui conduit de Bergame à Roveredo atteignit la rive occidentale du lac de Garda, du lac des Tempêtes, au moment où, de cette même rive, se détachait une barque vide dont la proue se dirigeait déjà vers le bord opposé.

— Halte-là ! cria-t-on de l'intérieur de la voiture, qui s'arrêta docilement à cet ordre.

Presque aussitôt la portière s'ouvrit, un homme, un vieillard, sauta lestement sur la route, courut jusqu'au bord de l'eau, réunit ses deux mains en guise de porte-voix, et héla le patron de la barque fugitive.

Les rames s'arrêtèrent, comme s'étaient arrêtés les chevaux.

— Holà ! maître Hanz, répéta le voyageur avec un geste d'appel vers le rivage.

— Monsieur le baron de Stolberg ! s'écria le batelier d'un accent à la fois joyeux et surpris.

Et, léger comme une hirondelle, le batelet retourna vers la terre.

Pendant ce temps-là, le vieillard était revenu près de la voiture, et disait de cette douce voix dont on ne parle qu'à la femme aimée :

— Descendez, Jocelyne ; nous allons faire le reste du trajet sur le lac... Oh ! ne craignez pas son terrible surnom. Il est calme aujourd'hui comme votre miroir... et ce sera moins de fatigue pour vous... pauvre enfant... qui devez être brisée de ce long voyage.

Une petite main sortit alors par la portière demeurée toute grande ouverte, et s'appuya sur le bras étendu du complaisant gentilhomme.

Puis deux petits pieds, non moins mignons que la main, sautèrent sur le velours vert du rivage.

Quelques secondes plus tard, et avec mille délicates prévenances, le vieillard faisait asseoir la jeune fille dans la barque, dont le patron continuait du ton de plus en plus enthousiasmé d'une franche allégresse.

— Vous enfin de retour... monsieur le baron... vous que tout le monde aime tant ! Quelle joie pour le pays !... quelle fête pour tout le Vorarlberg !

— Paix ! paix ! bavard ! interrompit en souriant le voyageur; paix donc ! et manœuvre les rames de façon à ce que ma femme arrive avant la nuit à son château de Stolberg.

— Votre femme? se récria le bonhomme Hanz tout ébaubi.

— Eh ! oui, parbleu ! répartit orgueilleusement le vieillard, oui, ma femme !... cette charmante enfant que tu fais attendre et qui voudrait être déjà chez elle. Alerte ! allons... alerte !

L'œil fixe, la bouche béante, le corps immobile, à l'exception toutefois des bras, le batelier se mit à ramer avec une rapidité telle, qu'on eût pu croire que la stupéfaction venait de le transformer tout à coup en une locomotive de bateau à vapeur.

Qu'y avait-il de si extraordinaire cependant, de si impossible dans l'aspect des deux époux ?

Le baron était un vieillard, c'est vrai ; mais il restait tant de verdeur et d'épanouissement, que ses magnifiques cheveux argentés, bouclaient en profusion sur des épaules aussi droites, aussi promptes que celles d'un jeune homme; sa bouche avait conservé toutes ses dents et

tous ses sourires ; son regard brillait, limpide et vif comme à vingt ans.

Hélas ! oui. Mais Jocelyne était si jolie et si jeune ! Des formes adorablement délicates, des cheveux blonds à faire rêver aux anges du ciel, des lèvres purpurines, des yeux bleus, des joues roses, une voix dont chaque murmure semblait une chanson, une promptitude d'oiseau, un vrai printemps fait jeune fille, seize années à peine, presque un enfant !

Durant les premières minutes de la traversée, les deux nouveaux époux restèrent silencieux, lui contemplant la jeune femme en murmurant tout bas : Qu'elle est belle, que je l'aime et que je suis heureux ! Elle, tout entière à l'admirable paysage, au milieu duquel la brise du soir berçait doucement son enivrante extase.

A cette heure, en effet, c'était quelque chose de grandiosement beau que l'immensité bleuâtre du lac des tempêtes, avec sa pittoresque et sauvage ceinture Alpestre qu'enflammaient et qu'assombrissaient tour à tour les capricieuses magnificences du soleil couchant; pas un bruit venant de terre, pas une vague à la surface de l'eau, dans l'azur du ciel quelques grands aigles noirs qui regagnaient leurs aires à tire-d'ailes... Toute cette sublime nature semblait se préparer au sommeil par une majestueuse immobilité...

Tout à coup, au milieu de ce calme parfait, au milieu de ce profond silence, une cloche retentit.

— Oh ! fit aussitôt la jeune fille, comme péniblement réveillée d'un doux rêve.

Et elle tressaillit.

— Qu'avez-vous? s'empressa de demander le baron, déjà follement inquiet à la façon des mères passionnées ou des vieillards amoureux.

— Cette cloche... murmura plaintivement Jocelyne... cette lugubre cloche... et tout à coup et lorsque j'étais si heureuse !... et toujours... elle tinte toujours... Oh ! j'ai peur !

— Enfant ! sourit le vieillard; c'est tout simplement le carillon du couvent des Trépassées que vous devez encore entrevoir là-bas.

Et il étendit le bras vers une masse sinistre qui se distinguait à peine à l'horizon, dans une baie déjà remplie d'ombre.

— Des Trépassées? répéta la jeune femme en frissonnant.

— On les appelle ainsi, répliqua le baron, parce qu'elles sont réellement mortes au monde, parce que leur couvent est muré comme un sépulcre, et qu'une fois les murailles de ce sépulcre franchies, on ne les repasse jamais ; seulement, lorsque le nombre invariable des recluses se trouve diminué d'une sœur défunte, lorsqu'une cellule est vide, la cloche tinte pour appeler une remplaçante... La cloche tinte ainsi tous les soirs, jusqu'à ce qu'une nouvelle trépassée vienne habiter la cellule vide et compléter le chiffre réglé par la loi du couvent. Tout se tait alors, tout rentre dans le silence et dans l'oubli de la mort.

— De la mort? ajouta funèbrement le batelier Hanz. Oui, car on prétend que c'est la mort elle-même qui met la cloche en branle, sous la forme d'un grand squelette blanc tout drapé de noir, et...

— Horrible! horrible! interrompit follement la jeune femme.

— Jocelyne! s'écria l'attentif vieillard en l'attirant sur son sein, en l'enveloppant tout entière dans les plis de son manteau.

Mais la blonde tête se penchait toujours au dehors mais les purpurines lèvres disaient encore :

— Tenez! tenez! l'eau nous attire, l'eau nous entraîne, l'eau veut m'enterrer toute vivante au couvent des Trépassées.

— C'est un courant, interrompit vivement le baron de Stolberg, un de ces mille courants qui sillonnent le lac et qui ne sont dangereux qu'en des jours de colère. Nous en voilà sortis déjà, tenez!

Après une soudaine déviation vers le couvent, la barque, délivrée du ressac, se retournait effectivement, légère et docile, vers le bord opposé.

Mais la jeune femme ne revint pas aussi facilement de son étrange épouvante. Il fallut toute la maternelle tendresse du vieillard, il fallut tout un grand quart-d'heure de câline éloquence pour ramener enfin sur les lèvres de Jocelyne un tremblotant sourire.

Et encore murmura-t-elle aussitôt après :

— Cette sombre tradition... ce courant... cette cloche... C'est singulier comme tout cela m'a frappé le cœur ! Croyez-vous aux pressentiments, mon ami ?

— Voulez-vous bien vous taire! se récria lestement le baron, voulez-vous bien vous taire, chère folle... et, détournant vos yeux bleus de ce maudit couvent, où je n'ai nulle envie de les éteindre, je vous le jure... ne plus regarder que de ce côté, du côté de Stolberg, où nous allons arriver bientôt... et j'en rends grâce à Dieu... car il y a bien loin de votre Rhône à mon lac de Garda, bien loin de Lyon à Roveredo, et vous devez avoir grand désir de vous reposer enfin.

— Tout à l'heure encore... oui... Mais depuis que nous avons quitté la voiture... non... Tout cela est si beau, qu'on se repose en admirant!

— Alerte donc, maître Hanz, alerte! que nous arrivions en vue de Stolberg avant la nuit close. Le crépuscule s'assombrit déjà. Mais le voici... oui... le voici... madame la baronne ?

Et le vieillard montrait fièrement à la jeune femme le vieux manoir perché sur une verdoyante colline, un vrai manoir allemand tout entouré de jardins et de forêts, un pittoresque et charmant manoir.

Puis, après quelques minutes de silence, le châtelain saisit gracieusement la main de la châtelaine, et, s'exprimant cette fois en français pour ne plus être entendu du batelier :

— Jocelyne, dit-il avec une touchante et douce gravité, Jocelyne, avant de m'épouser par dévouement pour votre père, vous aimiez quelqu'un, je le sais... enfantillage de quinze ans, je l'espère. Mais à mon âge on est jaloux... jaloux d'un regard, d'un soupir, d'une pensée... bien jaloux! N'ayez donc plus de secret pour moi, Jocelyne... Ne me laissez rien à soupçonner... Dites-moi tout, afin que nous puissions oublier ensemble... Et je serai tout à fait heureux... Et pour la seconde fois je vous bénirai du fond de l'âme!... Voulez-vous... Jocelyne ?... Dites.., Voulez-vous ?...

Pour toute réponse, la jeune femme cacha son visage rougissant sur l'épaule frémissante de son mari.

Quelques minutes s'écoulèrent sans qu'un seul mot fût prononcé, sans que ni l'un ni l'autre osât changer d'attitude.

La barque toucha le rivage.

— Arrivés! dit le baron en sautant à terre.

— Mon ami! s'écria tout aussitôt la baronne en s'élançant sur ses traces.

— Jocelyne! palpita le vieillard avec angoisse.

Elle ne répondit pas d'abord; mais deux de ses doigts émus disparurent dans son sein.

Puis, étendant sa main fébrile vers son mari :

— Voici tout ce qui me restait de mes souvenirs de jeune fille, dit-elle. Je suis heureuse de vous en faire le sacrifice en posant le pied sur le seuil de votre maison ?

— Des lettres... un portrait?... fit le baron de Stolberg en palpant les objets que venait de lui abandonner Jocelyne.

— Grâce! grâce! murmura-t-elle avec autant de dignité que de prière dans la voix.

Le vieillard la contempla durant quelques secondes avec un indicible regard; puis, sans même chercher à voir ni les lettres ni le portrait, il jeta le tout dans le lac.

— Merci! s'écria la jeune femme dans les bras de son mari.

— C'est moi, pleura délicieusement le vieillard; c'est moi qui dois te remercier et te bénir... ange que tu es... Car tu me mets le paradis dans l'âme et le bonheur entre avec toi dans ma maison.

— Serviteur, madame la baronne! disait en même temps le bonhomme Hanz, qui amarrait sa barque au rivage; serviteur, monsieur le baron. Il y a bonne compagnie pour vous recevoir au château, car vous allez y trouver votre neveu Frédérick et votre fils adoptif Abel!

— Abel! s'écrièrent à la fois les deux époux, mais sur deux tons bien différents.

Et Jocelyne s'élança de quelques pas en avant, afin que le vieillard ne pût pas s'apercevoir que son rose visage avait affreusement pâli tout à coup.

II

COUP DE FOUDRE

Avant de poursuivre cette trop véritable histoire, quelques mots sur ses principaux personnages.

Type chevaleresque du gentilhomme allemand, du grand seigneur campagnard, le baron de Stolberg a tour à tour été philosophe, soldat, agriculteur... selon qu'il s'agissait d'émanciper, de défendre ou d'enrichir sa patrie. C'est l'esprit le plus droit, c'est le plus grand cœur, c'est l'âme la plus chrétienne qu'on puisse imaginer. Tout le Vorariberg l'admire et l'aime. Lui, il n'avait encore eu d'affection que pour son pauvre pays, pour son neveu Frédérick et pour son fils adoptif Abel, lorsqu'un jour, ayant par hasard fantaisie de revoir la France, il s'est retrouvé tout à coup sur les bords du Rhône avec l'un de ses prisonniers des grandes guerres, un ancien ennemi qu'il avait beaucoup aimé, un officier français, devenu depuis négociant et que menaçait alors une épouvantable faillite. Trop fier pour accepter les services offerts par l'ami, cet honnête homme malheureux ne voulut consentir à les recevoir que d'un gendre. Le baron de Stolberg vit sa fille, et, pour la première fois de sa vie, il aima. Qui n'eût aimé Jocelyne !

La pauvre jeune fille avait déjà cependant engagé son cœur. Elle l'avoua franchement. Le fiancé, qu'elle ne nomma pas, était parti pour solliciter le consentement paternel. Un mois s'écoula sans qu'il reparût. Elle attendait du moins une lettre de l'absent; cette lettre ne vint pas !... D'un autre côté, l'échéance fatale allait arriver. Il y allait de l'honneur et de la vie de son père, qui la suppliait à genoux. Elle consentit enfin. Le baron de Stolberg avait l'air si bon; ce n'était pas un mari... non... c'était un second père. Ce fut donc avec calme, avec confiance, qu'elle plaça sa petite main d'enfant dans celle du vieillard, qui voulut, au sortir même de l'église, repartir pour sa montagne, ainsi qu'un avare emportant son trésor.

Personne, au château, ne soupçonnait donc ce mariage... pas même Abel et Frédérick, qui depuis plus d'un mois attendaient le baron de Stolberg avec une impatience que l'on ne tardera pas à comprendre et que l'on veut bien nous suivre dans la grande salle à manger du manoir.

Il est trois heures. Les deux jeunes gens sont là.

Abel, un svelte et pâle Tyrolien, à l'œil aussi noir que sa noire chevelure, à la physionomie de poète ou d'artiste, au frac de velours brun, sous lequel on sent battre un vrai cœur de vingt ans.

Le chevalier Frédérick est petit et grassouillet, au contraire; d'un blond jaunâtre, d'un teint lymphatique et vermillonné. Il a des yeux verts plutôt que bleus, de longues moustaches relevées en crocs. Il est empesé, prétentieux jusque dans ses moindres mouvements. C'est un diplomate en herbe; c'est un lion banal, c'est un Autrichien.

— A l'éternelle damnation de mon oncle! s'écrie-t-il en ingurgitant un vingtième verre de johannisberg. Nous faire attendre ainsi... moi surtout son noble neveu... H. in... Mais répondez-moi donc, mon cher Abel!

— Pardon, monsieur le chevalier, je n'ai pas entendu...

— Ah! cela ne m'étonne pas... vous rêviez encore?

— Peut-être.

— A elle?

— Vous m'avez contraint de vous l'avouer... J'attends ici M. le baron de Stolberg, afin de le prier de consentir à mon mariage avec une jeune fille française que j'aime, je...

— Eh bien! contez-moi vos amours, cela me divertira.

— Monsieur...

— Je vous ai bien conté les miennes. Allons donc!

— Pardon, monsieur le chevalier... Mais mon amour à moi n'est pas de ceux dont on babille au dessert.

— Bah !

— Non, non, c'est un de ces pieux sentiments que l'on renferme au plus profond de son cœur; un de ces cultes sacrés dont la moindre révélation semblerait un sacrilége. C'est un de ces amours, enfin, qui sont toute la vie !

Et le noble jeune homme disparait, rayonnaut de passion et de foi.

— Quel joyeux compagnon! ricane ironiquement le chevalier. Quel amusant tête-à-tête! sans compter que toutes les bouteilles sont vides. Que faire jusqu'à ce soir ? Ma foi ! l'on dit que le bien vient en dormant, je n'ai plus le sou... dormons !

Sur ce, notre Autrichien passe majestueusement dans le salon, se jette avec nonchalance sur un large divan, ramène tous les coussins sous sa tête alourdie, et ne tarde pas à rêver sans doute, ainsi que tout neveu de son espèce, à délicieusement rêver qu'il hérite de toute la fortune de son oncle, et que les vassaux le saluent jusqu'à terre du superbe titre de baron de Stolberg.

Jugez donc du réveil, lorsqu'il se retrouve face à face avec le radieux vieillard, qui lui présente en souriant Jocelyne, et qui lui dit :

— Ta tante... la baronne de Stolberg... ma femme !

— Je suis ruiné ! pense aussitôt le chevalier.

Mais comme il est homme du monde, c'est à-dire comme il sait l'art de déguiser sa pensée, l'apprenti diplomate fête la nouvelle venue par une triple salve de compliments, de protestations et de sourires.

Puis, le baron s'étant éloigné bientôt pour donner les ordres nécessaires, le chevalier continue de faire à lui seul tous les frais de la conversation.

Elle va néanmoins languir, lorsqu'un bruit de pas se fait entendre tout à coup dans l'antichambre.

— Voici du renfort qui nous arrive ! s'écrie alors le chevalier. Ce n'est pas un second neveu, c'est plus encore... oui... en dépit de ses dix-sept, ma chère tante, oui... c'est un fils. Arrivez donc, Abel !

A ce nom, pour la seconde fois, la jeune femme tressaillit.

Frédérick ne s'en aperçut pas, il venait de courir au devant d'Abel, et déjà l'amenait par la main ; il continua :

— Venez donc admirer l'adorable surprise que nous ménageait le baron. Il a réalisé pour lui-même, et sans nous en prévenir, le doux rêve dont vous vous berciez en son absence. Il est marié. Voici sa ravissante compagne. Avancez donc, mon cher, avancez pour que j'aie le plaisir de vous présenter le premier à madame la baronne de Stolberg.

Sans savoir si le jeune fou plaisantait encore ou parlait sérieusement, Abel, néanmoins, se laissa conduire.

Jocelyne se levait, de son côté, pour recevoir le nouveau venu, de sorte que tous les deux se rencontrèrent tout à coup face à face.

Aussitôt un même et terrible cri sortit à la fois des deux bouches stupéfiées et béantes :

— Lui ! disait Jocelyne, déjà retombée défaillante et livide.

— Elle ! disait Abel, chancelant entre les bras du chevalier.

— Ah bah ! s'était écrié celui-ci, plus stupéfait encore que les deux amants.

Puis tout bas il avait ajouté :

— Tout n'est pas perdu, peut-être ?

— Est-ce vrai ?... déjà palpitait Abel. Est-ce vrai ?... Jocelyne est-elle la femme de mon père ?

— Ma foi !... balbutia Frédérick.

— Sur l'honneur... Je vous demande sur votre honneur si ce que vous venez de dire est la vérité ?

— Oui...

— Jocelyne...

Et le pauvre jeune homme s'élança vers sa fiancée.

— Jocelyne, répondez-moi... Je ne croirai que vous... on me trompe, n'est-ce pas?... Oh! mais répondez... répondez donc... Vous voyez bien que je meurs!...

Et tout son corps tremblait convulsivement... et ses dents claquaient... et ses cheveux noirs s'étaient hérissés sur son crâne en délire.

Hélas ! pour toute réponse, la jeune femme éperdue se voilait follement le visage.

Mais Abel fut sans pitié. Il écarta les deux mains tremblantes de la pauvre enfant épouvantée ; il la releva toute droite devant lui, et, les yeux dans les yeux :

— C'est donc vrai ? râla-t-il sourdement... Oui... un mot... un seul mot... Ayez du moins le courage de me tuer tout à fait !

— Malheureux ! s'écria tout à coup Frédérick... Voici le baron !

— Mon père ! fit Abel en se reculant avec effroi.

— Mon mari ! dit Jocelyne en se reculant sur le fauteuil, ainsi qu'un voile blanc qu'on eut lâché tout à coup.

Les pas approchaient.

— Lui ! poursuivait Abel avec égarement... et me trouver là, moi, entre elle et lui... jamais !

— La fenêtre ! dit précipitamment le chevalier en l'y poussant par les épaules.

Le malheureux obéit instinctivement, et disparut.

Il était temps... le baron de Stolberg rentrait dans le salon.

III

UN MARI COMME IL EN EST PEU.

Tout n'est pas perdu peut-être ? avait dit le chevalier Frédérick en découvrant le secret des deux amants.

Une heure après la fuite d'Abel, il se promenait dans le parc en méditant ces quelques mots.

Tout à coup quelqu'un le heurta dans l'ombre.

— Maraud ! fit-il arrogamment.

— Pardon, monsieur le chevalier, répondit l'humble voix du batelier Hanz. Bien des pardons, mais je rapporte à monsieur votre oncle quelque chose qu'il a perdu sans doute au sortir de ma barque...

— Qu'est-ce donc ?

— Des papiers... comme qui dirait des lettres, et puis un médaillon... peut-être un portrait.

— Un portrait ! s'écria le chevalier, qu'avertissait l'instinct du mal. Donne... donne-moi tout cela, mon brave Hanz...

— Et vous le remettrez à votre oncle... Très-bien, ça m'arrange, car voici l'heure de la pêche. Votre serviteur, monsieur le chevalier !

Et Frédérick courut lestement jusqu'auprès d'une lumière.

C'était le paquet si généreusement jeté dans le lac par le vieillard, c'étaient le portrait et l'écriture d'Abel !

— De mieux en mieux ! ricana l'Autrichien qui, non moins leste qu'un chat sauvage, grimpa jusqu'au cabinet de son oncle, et déposa le tout sans bruit sur le bureau.

Le baron se trouvait alors chez sa jeune femme.

Moment redouté, moment terrible !

Partis de Lyon au sortir de l'église, pour la première fois, les deux nouveaux époux se rencontraient dans la chambre nuptiale... Pour la première fois les deux nouveaux époux allaient être seuls.

Aussi Jocelyne tremblait-elle bien fort.

Mais, prenant un flambeau, le vieillard embrassa la jeune fille au front, et se disposait à remonter chez lui en disant :

— Bonne nuit !

— Bonne nuit ! répéta Jocelyne avec une légère nuance de surprise.

— Croyez-vous donc que je veuille abuser des droits du mariage ? sourit délicatement le baron. Rassurez-vous, mon enfant ! C'est pour sauver votre père, c'est sans m'aimer le moins du monde... Bien plus, c'est avec un autre amour dans le cœur que vous êtes devenue ma femme. J'attendrai... j'attendrai du moins que cet amour-là se soit évanoui dans les brumes du souvenir. J'attendrai toujours, jusqu'à ce que vous me disiez de ne plus attendre... Soyez donc sans crainte, ma Jocelyne bien aimée... Chaque soir je vous conduirai jusqu'à votre chambre... chaque soir je vous embrasserai comme je viens de le faire tout à l'heure... Chaque soir je me retirerai de même en vous disant : Bonne nuit ! et... et voilà tout... Bonne nuit !

— Espérez, monsieur, espérez ! murmura timidement la reconnaissante jeune femme.

Et le vieux mari disparut, avec de la pure joie dans le cœur.

Joie bien éphémère, hélas ! car en posant la lumière sur son bureau, il allait apercevoir le triste présent de Frédérick !

— J'étouffe ! avait dit Jocelyne en se retrouvant seule. Oh ! de l'air ! de l'air !

Elle courut vers la fenêtre.

Mais, avant que sa main n'eut touché les rideaux, ces rideaux s'ouvrirent lentement d'eux-mêmes.

Et Abel parut, droit, pâle et tenant un poignard à la main.

— Oh! gronda-t-il sourdement... oh! je vous aurais tués tous les deux!

— Malheureux! s'écrie Jocelyne en lui jetant une main sur les lèvres.

— Si vous saviez ce que je souffre, sanglota douloureusement le jeune homme.

— Et moi donc! ne craignit pas d'avouer l'innocente jeune fille.

— J'étais venu ici pour en remporter le consentement à notre mariage, poursuivit Abel... J'attendais le baron de Stolberg pour qu'il confirmât mon bonheur... Il arrive, et ce bonheur est désormais impossible... et vous êtes la femme de mon père!

— Ce n'est pas ma faute, Abel... écoutez-moi!

Et Jocelyne raconta le désespoir de son père, la noble conduite du baron de Stolberg, ses combats, à elle, ses longs refus, son dévouement sublime.

— Je vous ai attendu durant tout un mois, termina-t-elle en mêlant ses larmes à celles du jeune homme. Rien... rien... pas même une lettre qui ranimât mon courage... absolument rien. Voilà ce qui nous a perdus tous les deux!

— Perdus! s'écria tout à coup Abel... Mais vous m'aimez encore?

— Oui... oui! ne put s'empêcher de répondre Jocelyne en reculant avec épouvante.

— Mais vous savez bien que je vous aime toujours, moi!

— Oui... oui!

— Mais vous n'appartenez donc qu'à moi... mais nous pouvons fuir ensemble; mais nous pouvons encore trouver un coin de terre où nous serons libres, où nous serons heureux!

— Oui, oui.

— Jocelyne!

Et, les bras étendus, le corps élancé, les yeux en flamme, le jeune homme tomba follement à ses pieds.

— Abel! murmura faiblement la jeune fille, qui, reculant toujours, s'en fut tomber éperdue sur un sopha, la tête renversée en arrière.

Au-dessus de ce sopha se trouvait un sombre portrait du baron Stolberg.

En fermant les paupières, Jocelyne l'aperçut.

Sans dire un seul mot, elle se dressa tout à coup, et étendit les bras vers l'image du vieillard.

Abel le reconnut à son tour, se releva de même, et sans parler davantage, recula lentement à son tour vers la fenêtre.

Rien de solennel, rien de navrant, rien de sublime comme cette muette scène de douleur et de vertu!

— Adieu!... put murmurer enfin Abel, adieu, Jocelyne... Adieu pour jamais ici-bas!...

—Au revoir dans le ciel où le bon Dieu marie les âmes!... ajouta pieusement la jeune fille...

— A bientôt, ma bien-aimée.... je vais travailler à mourir!

— Non! s'écria tout à coup une troisième voix. Non... nobles et chastes enfants!... Non, vous ne mourrez pas!

Et le baron de Stolberg apparut sur le seuil.

Les deux amants jetèrent à la fois un cri d'épouvante et de honte.

— Je sais tout! poursuivit le vieillard en laissant tomber de sa main frémissante et les lettres et le portrait d'Abel. Je sais tout. Ne craignez rien, j'ai tout entendu!

Puis, chancelant, pâle et les yeux tout en pleurs, il s'avança vers les deux amants atterrés, saisit leurs mains, les réunit dans les siennes, et poursuivit d'une voix où semblaient gémir toutes les douleurs humaines :

— Un jour... oui... bientôt... mais ici-bas... ici... c'est ma faute à moi... mais je ne puis plus être maintenant que son père... et j'ai soixante ans... Partez donc... Abel... mais ne partez plus sans espérance!

En séparant enfin les deux fiancés, il indiqua la porte entr'ouverte à son fils adoptif, et conclut par ce seul mot :

— Attendez!...

IV

UN ÉLÈVE DE M. DE METTERNICH

Ce simple et généreux dénouement ne pouvait pas convenir au chevalier Frédérick, qui rôda, qui écouta, qui regarda toute la nuit aux alentours, afin que pas un détail ne lui échappât de ce mystère d'où dépendait sa fortune.

— Diable! songea-t-il donc en arrachant au point du jour le dernier aveu du cœur d'Abel, dont il se trouvait le naturel et seul confident. Diable... attendez!... attendez que je meure en déshéritant mon neveu,.. mon neveu Frédérick... Oui... c'est clair... mais j'en jure par M. de Metternich, dont je suis l'élève... Cela ne sera pas... Non!...

Et, tout en dressant à part soi le plan de sa toile, cet homme-araignée voulut accompagner un peu la pauvre mouche qui devait s'y prendre la première.

Abel et lui sortirent du manoir au premier rayon du soleil, traversèrent en silence le vallon encore rempli d'ombre, et se trouvèrent bientôt au sommet de la dernière des collines d'où l'on pût apercevoir les fenêtres du château.

Là, l'exilé se retourna pour envoyer un dernier regard, un dernier soupir, un dernier baiser de l'âme à la chambre de Jocelyne.

Puis il voulut poursuivre son chemin.

— Pourquoi ne pas vous arrêter ici? insinua machiavéliquement Frédérick... Sur cette montagne... dans cette forêt déserte... ou du moins abandonnée... car la seule cabane des bûcherons qui l'habitaient tombe en ruines... Voyez?... elle saurait où vous êtes... vous pourriez du moins entrevoir sa fenêtre... et, de son côté, chaque soir, en apercevant sur cette cime une flamme échevelée par le vent, elle se dirait : il est là!... Plus d'absence ainsi... plus d'isolement... ce serait de la poésie et de l'amour... ce serait presque le bonheur!

—Taisez-vous... taisez-vous!

— Je lui apprendrai que vous êtes ici... n'est-ce pas... je lui révélerai le secret du signal convenu.., je lui dirai...

— Adieu... adieu! interrompit en s'enfuyant Abel.

— Il y viendra! conclut froidement Frédérick.

Et, quelques heures après, se penchant au dossier du fauteuil de Jocelyne attristée, il lui glissait ces quelques mots à l'oreille :

— Il n'est pas si loin que vous le croyez... Là-bas, sur cette cime couronnée de pins, dès que vous verrez s'élever une flamme...

— Silence!... fit la jeune femme avec effroi. Voici mon mari!

— Frédérick! se récria tout en entrant le baron de Stolberg. Je te croyais reparti pour Vienne.

— Mon oncle.,. je...

— Ah!... c'est juste... Des dettes encore... Tu ne serais pas venu sans cela... Combien... voyons?

— Payez... je ne demande pas mieux.. Mais il faut maintenant ici du mouvement et de la distraction... J'oublie Vienne pour ma charmante tante... Je reste à Stolberg!

— Merci! répliquèrent à la fois le baron... et la baronne.

— Très-bien! pensa Frédérick.

Le soir même, Jocelyne était à son balcon.

Mais pas une lueur dans la montagne.

La nuit vint... la cloche du couvent des Trépassées tinta dans la brume du lac... et la jeune femme, effrayée comme toujours par ce funèbre glas, referma précipitamment la fenêtre.

Huit jours se passent ainsi... puis quinze... puis un mois. Rien encore.

Durant ce mois, le baron de Stolberg avait vieilli de dix années. Jocelyne était sa jeunesse... Il l'aimait éperdument... il la désirait comme Claude Frollo La Esméralda!... il en était jaloux... jaloux d'une latente et sombre jalousie qui lui rongeait le cœur, et qui lui faisait murmurer parfois une douloureuse amertume :

— Ils s'attendront pas longtemps!

Une nuit enfin brilla la flamme.

Un double cri la salua du château.

Jocelyne ne dormait pas... et Frédérick veillait.

Le lendemain soir, il entrait dans la cabane en ruines, et disait hypocritement à Abel :

— Ah! c'est Dieu qui vous a fait revenir... Jocelyne est désespérée... Joselyne va mourir!

Et, quelques heures plus tard, à Jocelyne :

— Abel se meurt... si vous pouviez voir comme il est changé... comme il est malheureux et pâle!

La semaine se passa tout entière à broder de plus en plus terriblement cette double et désespérante élégie.

— Le baron veut être réellement le mari de sa femme, dit un soir enfin Frédérick à Abel, qui bondit aussitôt comme un lion blessé au cœur.

Etait-ce vrai?... Qui pourrait le dire?...

Qui pourrait dire toutes les épouvantes, tous les enfièvrements, tous les vertiges dont l'Autrichien alla durant quinze jours encore enlacer tour à tour, enflammer, affoler le cœur des deux amants !

Toujours est-il... qu'un soir enfin Jocelyne... l'innocente et pure Jocelyne ! en vint à dire au serpent tentateur :

— Eh bien !... aujourd'hui même... à minuit... je l'attendrai sur les bords du lac... et nous fuirons ensemble... car je ne veux pas qu'il meure !

— Je la sauverai !... consentait le lendemain matin Abel... Ce soir donc... à minuit... sur le bord du lac !

— Le batelier Hanz vous attendra, conclut flegmatiquement l'Autrichien... Silence et prudence... Je me charge de tout... à minuit !

Comme onze heures allaient sonner, le chevalier Frédérick entra mystérieusement dans le cabinet du baron de Stolberg.

Nul ne sait ce qui se passa entre les deux gentilshommes.

Mais si quelqu'un se fût trouvé dans l'ombre du corridor, il eût pu voir ressortir le vieillard chancelant, hérissé, livide et grondant tout bas :

— Oh ! je les tuerai tous les deux !

Puis, derrière lui, l'Autrichien toujours impassible et qui ricanait en se frottant les mains :

— Parsambleu ! c'est bien sur quoi je compte. A moi tout l'héritage ! Eh ! eh ! eh !... je suis un digne élève de M. de Metternich !

V

SUR LE LAC

Minuit va sonner.

Le lac bouillonne confusément, le vent gémit, le ciel est sombre.

Parfois même, dans les lointains, on entend sourdement gronder le tonnerre.

C'est le dernier orage de l'automne, c'est la première nuit de l'hiver.

Pas un voyageur sur les chemins, pas une seule embarcation attardée sur le lac, aucun bruit révélant que cette sauvage nature est habitée.

Si fait cependant.

La cloche du couvent des Trépassées tinte à grandes volées dans les airs.

Et sur la rive de Stolberg, un homme de haute taille se tient debout, immobile, et la tête enfouie dans un large capuchon noir.

A ses pieds, une barque.

La barque du passeur Hanz.

Tout à coup un pas précipité descend de la montagne.

Un autre pas bientôt, un pas léger, glisse sur la lisière du parc.

Minuit sonne !

Deux ombres se rencontrent au bord du lac.

— Est-ce vous, Abel ?

— Jocelyne, est-ce vous ?

— Fuyons ; voici sans doute Hanz le batelier.

Pour toute réponse, l'homme au capuchon noir incline silencieusement la tête, et silencieusement encore étend la main vers le batelet.

— Allons !

Jocelyne veut s'élancer, mais elle chancelle aussitôt.

Abel la soulève dans ses bras, et saute dans la barque avec elle.

Le batelier les suit, toujours immobile et muet comme la statue du Commandeur.

L'amarre se déroule, la barque quitte le rivage et ne tarde pas à bondir au milieu des vagues écumantes.

La cloche du couvent des Trépassées tinte toujours.

— Oh ! j'ai peur ! balbutie Jocelyne en cachant sa blonde tête entre ses mains crispées.

— Ne suis-je pas là ! s'écria Abel en lui faisant un manteau de son corps frémissant.

Silence.

La barque file comme une mouette effarouchée dans la tempête.

— Courage ! dit alors tendrement Abel. Courage, ma bien-aimée. Nous voici bientôt à l'autre rive... une chaise de poste nous attend... demain nous serons en Italie... nous serons heureux ! nous serons libres !

— Heureux... non... car nous sommes criminels.

— Tais-toi... ne parlons pas du passé... L'avenir est à nous !...

— J'ai peur ! mieux eût valu mourir ensemble...

— Mourir !

— Oui, mourir à l'instant... s'écrie tout à coup de l'avant de la barque une voix terrible... mourir ici... mourir tous les trois... Nous allons mourir !...

Et, se redressant tout à coup, le batelier rejette en arrière son capuchon noir.

C'est le baron de Stolberg !

Se tenant toujours par la main, Abel et Jocelyne sont déjà tombés tous les deux à ses pieds.

— Infâmes ! continue terriblement le vieillard, vous m'avez trompé... moi... moi qui vous avais sacrifié le bonheur de ma vie... moi, qui ne vous demandais qu'un peu de patience pour mes derniers jours, un peu de respect pour mes cheveux blancs... Oh ! si vous saviez ce que j'ai souffert... et néanmoins je tenais mon serment, moi... Et vous, vous me trompiez... infâmes... oui... oui, bien infâmes !...

— Monsieur !

— Mon père !...

— Silence, tous les deux... silence ! Deux coups de cette hache vont ouvrir un passage aux vagues envahissantes... et, dans un instant, au fond du lac, cette barque sera votre tombe... Dans un instant, vous dis-je... priez Dieu !

L'œil étincelant, la lèvre crispée, les cheveux battus par la rafale, le baron de Stolberg tenait à la main la hache fatale.

Résignés tous les deux, et la tête inclinée, Abel et Jocelyne restaient à genoux.

— Allons ! fit le vieillard.

— Oh ! s'écria tout à coup le jeune homme... oh ! monsieur... ne la faites pas souffrir !

— Souffrir !... répéta courageusement la jeune fille... et qu'importe la souffrance... c'est justice... mais avant la mort, monsieur, pardonnez à votre fils... Il m'aimait avant que je ne sois à vous... Il m'aimait tant, pardonnez-lui !...

— Elle m'aimait avant de vous connaître, interrompit vivement Abel... tuez-moi... maudissez-moi... mais pardon... mon père... pardon pour elle !

— Pardon... pardon !

Et ne se tenant plus que du regard, et les mains jointes tous les deux, ils relevèrent en même temps leurs visages éplorés vers le vieillard.

Tout à coup, comme pour éclairer ce douloureux tableau, la foudre déchira la nue.

A cette lueur providentielle, le baron de Stolberg aperçut pour la dernière fois les deux amants réunis.

Ils étaient si jeunes... ils étaient si purs... ils étaient si beaux !...

— Non s'écria soudainement le vieillard, non... moi seul !

Et, rapide comme l'éclair qui venait de s'éteindre à l'horizon, il se précipita dans le lac.

— Sauvez-le ! s'écria Jocelyne.

Abel avait déjà disparu sous les flots.

Mais le vent s'était élevé dans ces derniers instants... mais les vagues s'entrechoquaient, écumantes et furibondes... mais la tempête se déchaînait alors dans toute sa fureur....

Par trois fois, la jeune fille éperdue vit briller les yeux noirs de son amant au milieu de la blanche écume...

Puis elle ne vit plus que sa chevelure tourmentée par les flots.

Puis elle ne vit plus rien.

Rien... rien !

VI

LA MOUCHE ET L'ARAIGNÉE.

La barque entrait alors dans le courant, qui se précipitait vers le couvent des Trépassées.

Vers le couvent des Trépassées dont la cloche tintait toujours.

— Oh ! mes pressentiments... mes pressentiments !... gémit la pauvre jeune fille en tombant évanouie dans le fond de la barque.

Morte même peut-être ?

Non... car, le lendemain soir, la cloche du couvent des Trépassées ne sonnait plus !

. . . .

Le chevalier Frédérick est encore aujourd'hui baron de Stolberg.

PAQUES-FLEURIES

I

Ceci n'est pas une fantaisie de printemps, c'est une triste histoire d'hier

Dans la chambrette la plus recluse et la plus fraîchement pomponnée d'une de ces délicieuses villas qui fleurissent les bords de la Loire, voici ce qui se passait le solennel jour du vendredi saint.

Une jeune fille, languissante et pâle, était douloureusement étendue sur sa couchette toute blanche et rose, où venait expirer un incolore rayon du soleil de mars.

D'une main elle comprimait les phthisiques palpitations de sa poitrine à demi-nue, de l'autre elle caressait songeusement la brune chevelure d'un jeune homme agenouillé près du lit.

— Ernest... disait-elle en même temps ; Ernest, pourquoi pleurer ? Je sens la vie qui me revient avec le printemps... Oui... il pousse au-dedans de moi comme des petites feuilles vertes et des petites fleurs rosées... Oui, dans mon cœur, ainsi que dans un buisson d'avril, il me semble entendre chanter toutes les fauvettes de l'espérance ! Relève-toi donc, Ernest, et remplace bien vite les larmes par un sourire et par un baiser...

L'amant obéit en silence, mais non sans avoir promené un regard amer tout autour de ce nid préparé par l'amour, et dans lequel la maladie couvrait la mort.

— C'est après-demain Pâques-Fleuries, reprit plus allègrement encore la jeune fille, et je veux sortir ce jour-là. J'en aurai la force, sois en sûr... pourvu que le soleil brille, et que l'air soit doux... Oh !... s'il faisait froid et sombre..., quel malheur !...

Et, comme épouvantée par quelque spectre apparaissant tout à coup à son chevet, elle cacha sa tête blonde dans ses mains blanches.

— Valentine... Valentine !... s'écria le jeune homme en retombant à genoux.

La jeune poitrinaire eut un long et fiévreux accès de toux, après lequel elle se hâta de faire disparaître les quelques traces de sang débordé sur sa lèvre, et poursuivit lentement :

— Mais non... il fera beau le jour de Pâques... et les robes blanches des jeunes filles flotteront au grand soleil à travers les bourgeons épanouis... Je veux mettre ma robe blanche aussi, moi... Elle est là... ouvre donc l'armoire, Ernest !...

Ernest ouvrit aussitôt l'armoire, au fond de laquelle pendait une légère toilette de printemps.

— Apporte la robe, commanda l'impatiente malade, et pose-là bien doucement... ici... sur ce fauteuil.

La robe fut apportée, puis un élégant mantelet de couleur lilas, puis une coquette capote rose.

— Je serai gentille ainsi !... chantait Valentine en battant des mains. Tu viendras avec moi, n'est-ce pas, Ernest ?...

— Où veux-tu donc aller ?...

— Là bas... tu sais bien... à l'église... où jamais nous ne sommes allés ensemble !

Dans ces derniers mots perçait un doux et mélancolique reproche.

— N'es-tu pas ma femme devant Dieu, s'empressa de répondre le jeune homme avec le sincère élan d'un immense amour. Dès que tu le voudras, ne seras-tu pas ma femme devant les hommes !...

— Eh bien !... je le veux dès aujourd'hui... fit enfantinement la jeune fille.

— Aujourd'hui... c'est impossible.

— Pourquoi ?

— Il faut du temps... c'est la loi.

— Mais le jour de Pâques-Fleuries ?

— C'est encore trop tôt.

— Quel dommage !

— Deux ou trois semaines au moins...

— La vilaine loi pour l'amour !...

— C'est que ceux qui l'ont faite n'aimaient pas.

— N'importe... nous commencerons tous les préparatifs le jour de Pâques-Fleuries ?

— Je m'en charge.

— Non... c'est moi...

— Mais...

— Je le veux !...

— J'obéirai.

— Oh ! que tu es gentil ! conclut Valentine en jetant ses deux bras autour du cou d'Ernest.

II

Avant d'aller plus loin en avant, jetons un regard en arrière.

Ernest n'avait plus de famille, Valentine ne connaissait pas la sienne. Lui, riche orphelin, elle, pauvre abandonnée, ils s'étaient rencontrés dans la vie, ils s'étaient aimés dès la première heure, comme ces âmes aimantes et jumelles que Dieu semble avoir créées pour se réunir sur la terre, et s'y confondre dans un même et divin amour.

L'amant était alors un robuste et beau jeune homme, à l'œil noir, au front rêveur, à la physionomie spirituelle et généreuse. Il venait d'entrer dans sa vingt-cinquième année, et ne savait pas encore ce que c'est que de souffrir.

Mais, hélas !... la pauvre jeune fille de dix-sept ans à peine avait déjà bien cruellement souffert. Seule, et perdue dans la foule, travaillant nuit et jour pour gagner un morceau de pain, grandie dans une mansarde, sans soleil l'été, sans feu l'hiver, sans espérance toujours, elle s'était tristement étiolée, même avant de fleurir. Aussi, la lamentable histoire d'une terrible enfance se peignait facilement à sa frêle et maladive, à son visage amaigri et pâle, à la mélancolie amertume de ses yeux bleus. Et néanmoins elle était belle, oh ! oui, bien belle, sous son modeste tartan, sous sa mesquine robe d'indienne et sous son petit bonnet de tulle noir à rubans de la couleur des cerises.

Elle fut aimée enfin, elle fut heureuse. Mais la misère ne lâche pas si facilement sa proie. Chassée de la surface, elle se réfugia dans la poitrine, et se mit à dévorer sourdement tout ce qui restait d'avenir à la maîtresse d'Ernest. Ses joues s'arrondirent un instant pour se creuser de nouveau, la joyeuse illumination de son regard s'éteignit peu à peu, et les roses fleuries sous la chaude haleine de l'amour se fanèrent dès le soir pour tomber le lendemain !

— A la chute des feuilles !... avaient fatalement répondu, l'année précédente, tous les médecins consultés sur la maladie de Valentine.

C'est alors qu'Ernest avait acheté la petite maisonnette des bords de la Loire, et les deux amants s'étaient réfugiés en Touraine, n'espérant plus que dans le soleil et dans Dieu, ce qui peut-être est la même chose.

Là, ils semblaient avoir oublié le reste du monde. Le jeune homme avait assez vécu pour prendre en mépris la société, la jeune fille en avait assez souffert pour la haïr, si son cœur eût été capable de haine. Ils vécurent donc désormais rien que l'un par l'autre, et rien que l'un pour l'autre.

L'automne avait passé sans que s'accomplît le funèbre arrêt de la science. Mais le mal avait empiré durant l'hiver, et tout annonçait que si Valentine avait pu voir tomber les feuilles de l'automne, elle ne verrait plus reverdir les feuilles du printemps.

Cependant, comme on vient de le voir, elle faisait mille projets d'avenir, et la toilette printanière était toute préparée pour le lendemain.

— Tout est bien convenu, lui dit enfin Ernest, qui craignait qu'elle ne fût trop fatiguée. Ne parle plus... ma bien aimée... et repose ! !...

Et, voyant qu'elle allait encore rouvrir sa pauvre petite bouche violacée, il poursuivit :

— Je te promets de te suivre partout où tu voudras me conduire... Je jure de ne pas te quitter après demain !

Alors la jeune mourante caressa sa blanche toilette d'un dernier regard, remercia son amant par un dernier baiser, et parut se rendormir en murmurant tout bas :

— Je vais bien prier le bon Dieu pour que le jour de Pâques Fleuries soit un beau jour ? Sans cela... oh !

Et, tandis qu'elle frémissait encore, Ernest la berçait tendrement avec ce refrain :

— Le jour de Pâques-Fleuries, je jure de t'accompagner partout... et toujours !

III

Le lendemain, veille de Pâques, le soleil brilla dans l'azur d'un ciel d'août.

Les yeux bleus de Valentine brillaient aussi, et tout le jour la jeune fille s'occupa joyeusement de sa toilette, de sa promenade, de son bonheur.

Elle chantait, elle riait, elle dansait, impatiente et folle, sur sa couchette où la retenait à grand peine Ernest. Elle semblait si rayonnante d'avenir et de vie, que le jeune homme sentit son pauvre cœur se rasséréner, et répéta souvent avec une inexprimable allégresse :

— C'est une résurrection... c'est Dieu qui veut me la rendre... oh... merci... merci, mon Dieu !...

Mais, vers le soir, le ciel se couvrit de nuages noirs, et le vent se prit à siffler des symphonies funèbres.

Valentine, en même temps, redevenait sombre, toussait souvent, et frissonnait fiévreusement sans cesse.

Toute la nuit, elle sommeilla dans les plaintives convulsions d'un délirant cauchemar, au milieu duquel elle se soulevait parfois pour embrasser d'une étrange étreinte l'amant qui veillait sur elle, ainsi qu'une mère sur son enfant.

Au matin, le vent sifflait et le ciel était noir encore.

— Quel malheur ! soupira Valentine avec une poignante angoisse.

— Quel malheur ! répéta machinalement Ernest, brisé par l'insomnie et par la douleur.

Mais une lueur indécise flottait confusément dans l'atmosphère, et les caprices de la nature sont tels au printemps, qu'il était possible d'espérer encore un beau jour.

— Le soleil va paraître ?... murmura la jeune fille... c'est certain... c'est le jour de Pâques-Fleuries... Et puis le bon Dieu est bon ! Je vais toujours me lever... hein ?...

Le jeune homme voulut résister en vain, Valentine bondit lestement hors du lit, chancela d'abord, puis courut par la chambre en commençant sa toilette.

Elle se coiffa le plus coquettement du monde, elle serra sa taille amaigrie dans un frais corset de satin, elle chaussa son pied mignon dans des pimpantes bottines bleues.

Bientôt Ernest agrafa la robe de mousseline blanche, bientôt le mantelet lilas laissa retomber perpendiculairement ses franges soyeuses, bientôt la charmante tête blonde s'encadra dans la capote rose ainsi qu'une perle en son écrin.

Puis, Valentine s'en fut se regarder au miroir, avec des allures d'alouette.

Rien de délicat, rien de joli, rien de navrant, comme cet ange à l'agonie dans cette neuve et fraîche toilette de printemps !

— Je suis jolie, s'écria-t-elle, je vivrai !...

Puis elle se retourna coquettement vers Ernest attentif et ravi, et l'appela tout à la fois du bout du doigt et du bout des lèvres.

Les deux amants, oublieux de la terre et du ciel, s'embrassèrent en face de la glace avec la gracieuse tendresse de deux colombes au bord du nid.

En ce moment il sembla tout à coup qu'une lumière plus éclatante et plus blanche filtrait à travers les rideaux roses.

— C'est le soleil !... fit triomphalement Valentine... c'est la vie... ô mon bien aimé... va voir ?

Ernest courut vivement tirer les rideaux.

Il neigeait !

Aussitôt Valentine jeta un cri de douleur, dans lequel sembla s'envoler son âme, et tomba, évanouie, entre les bras de son amant atterré.

IV

Le jour de Pâques, au moment où toutes les cloches sonnaient à triple carillon la grand'messe, Ernest courait par les rues de Tours, haletant, pâle, éperdu.

Aux environs de la cathédrale, il se rencontra tout à coup avec un ancien camarade de collège, un ami, retrouvé quelques mois auparavant dans la Touraine, et qui plusieurs fois avait été reçu dans la mystérieuse maisonnette des rives de la Loire.

— Qu'est il donc arrivé ? s'écria-t-il, saisi d'étonnement à l'aspect de la physionomie d'Ernest.

— Rien, fit l'amant de Valentine d'un ton sourd.

— Et... elle ? demanda l'ami de plus en plus étonné.

— Partie !... articula péniblement Ernest après un silence.

— Et tu ne songes pas à la rejoindre ?

— Si fait... j'y songe...

— Et quand pars-tu ?

— Aujourd'hui même... car j'ai juré de la suivre partout où elle irait le jour de Pâques-Fleuries.

— Où est-elle ?

— Viens me voir... et tu le sauras.

— Pourquoi pas à présent ?

— Parce que tu ne dois l'apprendre que demain. Me promets-tu de venir ?...

— Tu y tiens donc ?...

— C'est le plus grand service que tu me puisses rendre... et je courais chez toi pour te le demander à la vieille amitié.

— C'est convenu... j'irai...

— Merci...

— De quel air me dis-tu cela ?... Voyons... que s'est-il passé ? Parle.

— Rien... rien, te dis-je... Demain matin, tu ne m'interrogeras plus...

— A demain, donc...

— A demain... Et tu verras où j'ai suivi Valentine.

En achevant ces mots, Ernest s'enfuit comme un fou, et l'ami crut entendre à quelques pas comme un sanglot étouffé.

V

Les distractions de la ville, le mouvement de la fête empêchèrent l'ancien camarade d'Ernest de penser, durant tout le jour, à l'étrange conversation du matin.

Mais le soir, lorsqu'il se retrouva seul, le souvenir lui revint, et, sans qu'il pût s'en rendre compte encore, l'inquiéta durant toute la nuit.

Aussi, dès l'aube naissante, il se mit en chemin vers la maisonnette des amoureux.

La neige ne tombait plus du ciel, et le soleil se levait pour un beau jour d'avril.

Le jeune homme ne tarda pas à atteindre la muraille du jardin. Par extraordinaire, la porte n'en était point fermée, et, sans que rien arrêtât sa course, il arriva jusqu'à la maison.

Là, toutes les portes se trouvaient également ouvertes. Personne dans l'antichambre, personne dans le salon ; dans tout le rez-de-chaussée, personne.

C'était de plus en plus étrange.

L'ami enjamba lestement l'escalier, et courut vers la chambre de Valentine.

Cette fois la porte était hermétiquement close, et contre cette porte se tenaient les deux seuls domestiques de la maison.

Au bruit, tous les deux relevèrent la tête.

Ils étaient défaits et pâles ; ils pleuraient.

— Qu'y a-t-il donc, mon Dieu ? s'écria le jeune homme instinctivement épouvanté.

— Ne le savez-vous pas ! soupira le valet en levant ses yeux vers le plafond.

— Pauvre demoiselle ! sanglota la femme de chambre.

— Eh bien ? demanda l'ami.

— Morte !... répondirent à la fois les deux serviteurs.

— Depuis quand cela?... fit soudain le jeune homme, qu'un affreux pressentiment venait de frapper au cœur.

— Depuis hier... huit heures du matin.

— O mon Dieu! faites que ce ne soit pas dans la mort qu'il ait voulu la rejoindre... faites surtout que je n'arrive pas trop tard!...

Et saisissant la première barre de fer qui se trouva sous sa main, le jeune homme enfonça la porte de la chambre.

Il ne s'était pas trompé.

Le charbon jetait sa dernière lueur, et de sa dernière fumée empoisonnait l'air.

Sur le lit, Valentine était étendue, avec sa robe blanche, son mantelet lilas, et sa capote rose, comme une folle danseuse endormie au retour d'un bal sous les charmilles.

Assis sur le tapis, le dos appuyé contre l'acajou, la tête renversée sur le matelas, Ernest tenait le bras droit de la morte bien-aimée, et de la main gauche semblait vouloir s'en faire une amoureuse chaîne autour du cou.

On l'appela, on courut à lui, on le toucha en tremblant.

Il était raide, il était froid, il était mort!

— Tu verras où je vais suivre Valentine... murmura tristement l'ancien camarade de collège.

Et ses yeux, en même temps, tombèrent sur ces deux mots crayonnés sur la feuille qui voltigeait à terre :

— Au ciel !

C'était la réponse promise.

VI

L'ami, qui n'était autre que Sylsed, comprit dans quelle intention Ernest l'avait fait venir, et, dès le jour même, s'occupa des tristes devoirs des doubles funérailles.

— C'est un suicide ! voulut-on observer à l'église.

— C'est un amour ! répondit Sylsed, profondément convaincu que le suicide est permis à tous ceux qui veulent renouer en un monde meilleur les saintes affections brisées dans celui-ci par la mort.

Heureusement, le prêtre catholique auquel il s'adressait, par hasard se trouva être un parfait chrétien, qui se tut et se contenta de prier et de bénir.

Le ciel avait déjà reçu les deux âmes, la terre sainte reçut les deux corps des amants à jamais réunis.

Et sur la modeste pierre, Sylsed fit graver ces mots :

« Il avait juré de suivre sa bien-aimée partout où elle irait le jour de Pâques-Fleuries.... Elle est morte le matin... Le soir, il avait tenu parole. »

LE KING'S CHARLES

I

Je ne le connaissais pas, c'était un simple compagnon de voyage.

Nous étions montés à Paris dans le même wagon, nous avions voyagé côte à côte jusqu'à Dieppe, nous venions de déjeûner ensemble à l'hôtel de.... je ne sais plus trop lequel.

— Venez-vous fumer un cigare sur la jetée? lui proposai-je en me levant de table.

Il accepta, bien qu'il se fût tenu fort réservé jusqu'alors.

J'avais oublié de vous le dire, c'était un Anglais, ou du moins son allure, son accent, me le faisaient supposer tel, un jeune Anglais aux cheveux très-blonds, aux grands yeux bleus, au teint clair, à la physionomie on ne peut plus sympathique, on ne peut mieux avenante.

Ce qui surtout me plaisait en lui, c'était son air calme et doux, sa mélancolie souriante, sa presque poétique tristesse.

N'allez pas vous figurer cependant un héros romanesque : un pâle et lymphatique gentleman affligé du spleen.

Bien loin de là, mon compagnon de route était alerte et fort ; il y avait de l'énergie dans son langage, de la volonté dans son regard et, dans toute sa personne, une certaine franchise militaire.

Et, en effet, il m'avait dit :

— J'ai l'honneur d'être capitaine dans l'armée des Indes, et je retourne présentement dans ma famille afin de m'y reposer un peu des fatigues de la dernière campagne.

Le paquebot de New-Haven ne partait qu'à minuit ; il était alors environ deux heures ; nous avions presque une demi-journée devant nous.

— Ah ça mais ! dis-je tout à coup, il faut que je me procure un logis, voulez-vous m'aider dans mes recherches ?

— Volontiers, répliqua le jeune capitaine avec l'insoucieuse complaisance de quelqu'un qui ne demande qu'à tuer le temps.

Et il me suivit.

Après avoir visité diverses *Locandas*, nous arrivâmes à une maison d'assez riante apparence dans laquelle, au dire de l'écriteau, il restait à louer une chambre de garçon.

Nous entrâmes.

— C'est au troisième, Messieurs, nous dit la propriétaire, une bonne grosse Dieppoise un peu bavarde ; mais une vue superbe ! Seulement, je dois vous en prévenir, la chambre est provisoirement occupée... par une jeune demoiselle...

— Nous sommes trop galants pour la déranger, interrompis-je avec un pas en arrière, et d'ailleurs, il me faut quelque chose où je puisse m'installer immédiatement. — Qu'à cela ne tienne ! se récria l'hôtesse en me barrant le passage. La chambre, pour peu que vous le désiriez, sera libre dès ce soir. — Mais cependant... — Il faut vous dire que, l'autre saison, j'avais loué la maison tout entière à une vieille dame anglaise, très comme il faut. Elle avait avec elle une demoiselle de compagnie, mais si affectueusement traitée que, tout d'abord, je l'avais considérée comme sa fille... Et bien certainement, l'intention de la bonne dame était de lui laisser un joli héritage. Mais elle mourut subitement, au sortir du bain, dans l'une des cabanes de la plage. Les héritiers arrivèrent dès le lendemain, et tous déjà en grand deuil... de vrais corbeaux. Pas de testament! vous pensez si j'enrage peur de la demoiselle de compagnie qu'ils s'en vengèrent en ne lui laissant que les yeux pour pleurer. Il y en eut même un qui voulût la chasser d'ici. Oh ! quant à cela, non. J'étais chez moi, je le fis bien voir, en gardant bon gré malgré la pauvre enfant, qui restait toute seule au monde. D'ailleurs la saison était finie ; plus personne. Je lui louai donc presque pour rien, la chambre que vous allez voir. Elle y a passé tout l'hiver, Messieurs, donnant, par ci par là, des leçons d'Anglais, de dessin, de piano... car elle est des plus instruites. Hélas! tout cela lui rapporte bien juste de quoi vivre. Aussi, lorsque les baigneurs étant revenus, j'ai trouvé précisément une famille qui n'avait pas besoin de cette chambre, je me suis dit : « Tant mieux, elle y restera encore! » Mais, ça ne peut pas durer toujours. Je ne suis pas riche, Messieurs, et j'ai des enfants qui me coûtent les yeux de la tête. Rassurez-vous cependant, je ne renverrai point ma jeune Anglaise... car je m'y suis attachée vraiment; elle est si jolie, si sage, si douce et si triste!... Pauvre enfant! je la caserai là-haut, dans une petite mansarde; elle y sera très-bien, jusqu'à l'hiver. Entrez, Messieurs... mais entrez donc... Voici la chambre?

Durant tout ce verbiage, d'une sentimentalité plus ou moins réelle, la Normande nous avait contraints, pour ainsi dire, à monter ses trois étages, et, maintenant encore, par un de ses plus irrésistibles sourires, elle nous engageait à franchir le seuil.

J'eus une dernière hésitation. Déloger ainsi cette pauvre jeune fille, qu'on venait de nous représenter comme si intéressante, comme si digne d'un meilleur sort, cela me semblait presqu'une mauvaise action, presqu'un crime.

Mais mon compagnon me dit avec son flegme britannique :

— Voyons toujours?

Et il passa le premier.

C'était une petite chambre des plus proprettes, des plus guillerettes. Son unique fenêtre dominait de fraîches masses de verdure, au-delà desquelles l'Océan miroitait à l'horizon. Deux fauteuils, quatre chaises, une toilette, une commode, une table à ouvrage, une simple couchette en noyer. Mais une jolie tenture égayait le regard. Des rideaux de perse à la croisée, ainsi qu'au lit, et surtout comme un souvenir gracieux, comme une vague parfum de cette douce jeune fille inconnue dont on voyait, au porte-manteau, les quelques modestes robes de mérinos ou d'indienne.

Tout à coup le jeune Anglais laissa échapper un cri de surprise.

Je me retournai vers lui.

Il était pâle, ému, d'une main tremblante, il indiquait un des angles de la chambre.

Dans cet angle que, jusqu'alors, lui avait caché la commode, j'aperçus un king's-charles empaillé.

Un king's-charles qui n'avait que trois pattes.

— Madame, demanda mon compagnon, oh! madame, dites-moi à qui est ce chien ? — Il appartenait à défunt ma vieille locataire, ou plutôt à sa demoiselle de compagnie. C'est la seule chose que les héritiers lui aient laissée. Elle semble y tenir beaucoup... beaucoup.

A ce dernier mot, il y eut dans les yeux bleus du jeune capitaine comme un éclair de joie.

Mais se cachant aussitôt le visage dans ses deux mains :

— Je suis fou, murmura-t-il d'une voix douloureusement oppressée, oh! mais je suis fou... elle est morte!

Puis, après quelques pas agités par la chambre :

— Madame, dit-il en se tournant tout à coup vers la Dieppoise, madame, il faut que je voie cette jeune fille... il faut que je lui parle... il le faut! — Ce n'est pas possible que ce soir, monsieur... car elle est en ce moment chez quelqu'une de ses élèves, et j'ignore même... — A quelle heure sera-t-elle de retour ici? — A six heures, monsieur... exactement à six heures.

Et, sans s'expliquer davantage, il m'entraîna au dehors.

— Mais, voulus-je lui demander enfin, mais dites-moi donc au moins... — Plus tard, interrompit-il, lorsque nous serons seuls, bien seuls... venez toujours, venez!

Quelques minutes après, nous étions sortis de la ville, nous gravissions la falaise du sud.

Parvenus au sommet, dans un endroit où se trouvent deux espèces de fauteuils d'herbe verte que je crois voir encore, le jeune Anglais m'indiqua du geste l'un de ces sièges, et sur l'autre se laissant tomber:

— Monsieur, me dit-il, je vous connais à peine, mais je vous crois digne de me comprendre. Il est de ces instants, d'ailleurs, où l'attente tuerait... si l'on ne pouvait se souvenir et penser tout haut... si l'on n'avait là, près de soi, un ami qui vous conseille et vous encourage. Ecoutez-moi donc, monsieur... écoutez-moi.

Et, tandis que la mer se brisait harmonieusement contre la falaise, voici à peu près ce que me raconta mon compagnon de voyage.

II

« Il n'y a qu'en Irlande, commença-t-il avec un sourire amer, il n'y a qu'en Irlande où l'on puisse rencontrer deux pauvres petits orphelins aussi abandonnés, aussi affamés, aussi nus que ceux dont je vais vous dire l'histoire.

Un jeune garçon, une fillette.

Qui étaient-ils? personne ne le savait. D'où venaient-ils? ils l'ignoraient eux-mêmes. Celui-ci avait peut-être sept ou huit ans; celle-là quatre ou cinq; ils n'avaient aucun renseignement précis là-dessus, ni sur le reste. Aucun souvenir ne leur restait de leur première enfance. La rue avait été tout à la fois leur nourrice et leur berceau; on aurait pu dire que les pavés étaient leur famille. Ils se trouvaient seuls dans la vie, entièrement seuls, sans un parent, sans un ami, sans même connaître une troisième créature qui leur fût un peu moins étrangère que toutes les autres. Ils étaient orphelins à la façon de ces petits oiseaux, envolés du matin, et qui, le soir venant, ne peuvent plus retrouver l'arbre où se cachait leur nid, qui ne savent même plus, lorsqu'ils se rencontrent le lendemain, s'ils sont frère et sœur.

Effectivement, la seule fraternité qui existât entre ces deux pauvres enfants du bon Dieu, c'était celle de la misère.

Tout d'abord, ils ne se connaissaient même pas l'un l'autre.

Un soir d'automne, conduits par le hasard, tous deux arrivaient à la même heure devant Christ-Church, la cathédrale de Dublin.

L'un s'en revenait de mendier tout le long de Jakeville-street; l'autre débouchait, après une semblable tentative, de la brillante rue de Stephen-Green.

Hélas! ni l'un ni l'autre, ils n'avaient de quoi souper.

Presque en face de l'église s'élevait la haute muraille d'un riche hôtel; vers le milieu de cette muraille, il y avait de ces grosses bornes qu'on appelle plaisamment en Irlande les auberges de la belle étoile.

Le crépuscule, déjà sombre par lui-même, s'assombrissait encore d'un épais brouillard.

Mais nos deux bohémiens connaissaient si bien les endroits favorables au sommeil, qu'ils se dirigèrent en droite ligne, chacun de son côté, vers la borne hospitalière.

Devant ce double gîte, le hasard avait éparpillé quelques poignées de paille.

Ils sentirent sous leurs pieds nus cette bonne fortune, et vite ils s'en firent chacun une couchette. Puis sans se voir, tant la nuit était obscure, ils se couchèrent tous deux contre la borne qui leur servait à la fois de chevet et de cloison. Ils ne tardèrent pas à s'endormir comme on s'endort à cet âge.

La nuit tout entière se passa sans que personne ne s'avisât de les réveiller.

Au matin seulement, les deux têtes toujours endormies glissèrent sur l'humide rotondité du granit et, se heurtant vers le milieu de sa circonférence, roulèrent, cheveux contre cheveux, sur le pavé.

Quatre yeux surpris et mutins s'ouvrirent.

Puis deux cris s'échappèrent à la fois accompagnés d'une petite grimace, moitié bâillement, moitié sourire.

Cependant ni l'un ni l'autre ne se dérangeait encore.

Longtemps on se regarda de côté, sans trop comprendre comment on se rencontrait ainsi.

Tout-à-coup la porte de l'hôtel s'ouvrit à deux battants. On sortait d'un bal.

En un seul bond, les deux mendiants furent debout et étendirent leurs petites mains bleuies par le froid.

Un seul penny tomba sur le trottoir.

Et ils étaient deux affamés!... Comment faire?...

Aucun n'osait ramasser le penny.

Le garçonnet rompit le premier le silence :

— As-tu un père, toi ! — Non, répondit la fillette... Et toi?... — Ni moi non plus... As-tu une mère?... — Non, je n'ai pas de mère. — C'est comme moi. Mais as-tu un frère, au moins?... — Pas plus de frère que de père ou de mère. Personne au monde... Mais pourquoi me demandes-tu cela, toi?... — Tu as donc une sœur?... — Non,! s'écria le petit pauvre; mais si tu veux j'en aurai une, et toi tu auras un frère. — Comment cela? fit avec joie la petite pauvrette. — Tu seras ma sœur. — Et toi mon frère? — Oui. — Oh! je veux bien... — Moi aussi !... — Mon frère !...

Et les deux enfants enlaçaient leurs petits bras nus.

Puis le frère ramassa joyeusement le penny, et s'écria :

— On partage tout entre frère et sœur... Viens!...

Un instant après, les deux nouveaux amis entraient en

courant dans une mauvaise baraque située à l'autre extrémité de la place, et presque aussitôt ils en ressortaient heureux et fiers, une main dans la main, et de celle qui leur restait libre tenant chacun une grosse pomme de terre fu-
mante.

— Tiens..., dit la sœur, tu ne dois pas avoir de nom,
puisque je n'en ai pas.... — C'est vrai, répondit le frère ;
nous sommes de même en tout. Mais il nous faut un nom
pourtant... Tous les autres enfants en ont... — Les pères et
les mères donnent ces choses-là, observa la petite fille. —
Mais, repartit le petit garçon, puisque nous n'avons ni père
ni mère pour nous nommer, nommons-nous nous-mêmes !...
— C'est cela... Cherchons deux beaux noms ? — Je cherche... — Et moi aussi... — As-tu trouvé ? — Oui. —
Voyons ? — Eh bien ! voilà... J'ai entendu dire tout à l'heure
par ceux qui sortaient de l'hôtel qu'on venait d'y célébrer la
fête du patron, la Saint Georges. — Eh bien ? — Eh bien !..
ce nom-là il peut nous servir à tous deux... Je m'appellerai
Georgette et toi Georget.... Veux-tu ? — Tu as joliment de
l'esprit, toi ! — C'est donc convenu ? — C'est convenu. —
Bien convenu.... Moi, Georgette ? — Et moi Georget, ma
pomme de terre est bien chaude. — Eh bien ! Georget,
souffle dessus !

III

— Tel fut, reprit avec une pause le jeune anglais, tel fut
le commencement de cette naïve et fraternelle association,
qui ne devait plus se briser qu'avec la vie.

L'amitié de ces deux enfants du bon Dieu grandit de jour
en jour... bientôt ils s'aimèrent d'une affection immense et
sans pareille ; ils s'aimèrent cent fois plus que les frères les
plus dévoués, que les amants les plus uniquement épris l'un
de l'autre.

Georget était tout pour Georgette, Georgette était tout
pour Georget... Que leur importait le reste du monde ! Ils
ne connaissaient personne, ils ne parlaient à personne... Ils
étaient à eux seuls une famille, un univers tout entier. Ils
ne se quittaient pas d'une heure, d'une minute... Mêmes sentiments, mêmes pensées, mêmes désirs ! Egal partage de
haillons qui couvraient leurs corps à moitié nus ; égal partage de miettes ramassées çà et là pour leurs modestes repas. Ils avaient froid et faim ensemble, ensemble ils man-
geaient à la même sébile, ils buvaient au même gobelet
rempli d'eau claire. Ils n'avaient à eux deux qu'une seule
pensée, qu'un seul cœur. Plus constants et plus tendres que
les tourterelles, plus inséparables que ces petites perruches
à tête roses auxquelles l'impossibilité de vivre séparés a
valu ce nom charmant d'inséparables, ils vivaient unis et
candides dans le coin de leur pauvre Irlande, comme Paul
et Virginie sous les pamplemousses de l'île de France.

Encore ces deux enfants créoles gardaient-ils une partie
de leur tendresse pour leurs mères, tandis que les petits Irlandais n'avaient qu'eux seuls à aimer.

Leurs chevelures étaient du même blond doux et pâle, et
lorsqu'en jouant elles mélangeaient leurs boucles soyeuses,
le frère ne pouvait plus reconnaître ses cheveux d'avec les
cheveux de sa sœur. Une mère eût confondu leurs yeux
bleus, leurs joues incolores, leurs formes chétives et délicates.

Pourtant Georget avait la taille un peu plus haute et le regard beaucoup plus mutin. Mais c'était là la seule différence.

Tout le jour, ils cheminaient par les rues de Dublin, enlacés et souriants comme la constellation des gémeaux. La
plus mince aumône suffisait à leurs besoins ; ils ne dési-
raient rien au-delà, ils se trouvaient heureux et contents de
leur sort.

Le soir, ils s'en retournaient presque toujours à leur
borne favorite ; mais si la nuit les surprenait loin de la place
de la cathédrale, ils réclamaient l'hospitalité de leurs confrères en détresse qui, dans n'importe quel autre refuge,
s'empressaient à l'envi de leur céder une petite place : il leur
en fallait si peu !

Au réveil, ils s'échangeaient leur premier sourire et leur
premier sourire. Si l'un des deux souffrait, c'était à l'autre
qu'échappait la plainte ; si celui-ci paraissait fatigué, c'était
celui-là qui demandait le repos. Ils n'avaient qu'une seule
étude, s'entr'aider et se complaire en toutes choses ; et lorsque Georgette avait quelques petits chagrins, elle les cachait bien vite à Georget, de peur de lui faire de la peine.

Dès que le printemps étendait son manteau de verdure et
de fleurs sur les délicieux environs de Dublin, ils s'en al-

laient ni plus ni moins que les riches gentlemen, habiter la
campagne. On les rencontrait alors devant les joyeuses ta-
vernes de faubourgs ou bien dans les sentiers les plus touffus de la vallée des chênes, où viennent se promener les
amoureux. Ils savaient bien, comme l'a dit notre Béranger,
que le plaisir rend l'âme bonne.

Les nuits se passaient au milieu des blés ou dans quelque
recoin tapissé de mousse des hautes montagnes de Wichlow,
dont ils s'amusèrent parfois à gravir les cimes.

Un jour ils apprirent que ces deux montagnes s'appelaient, l'une le grand Pain de Sucre, et l'autre le petit Pain
de Sucre.

Les noms dispensent de les décrire.

— On dit que c'est bien bon du sucre !... soupira la petite
voix friande de Georgette. — Grimpons là-haut,... répondit
ingénuement le pauvre Georget, déjà tout heureux d'offrir
un plaisir à sa sœur.

Les deux enfants gravirent aussitôt la montagne ; ils
montèrent bien haut, bien haut, jusqu'au sommet, et là seulement furent tout surpris, tout confus de ne trouver que du
sable blanc et des cailloux.

Georgette riait de la mésaventure. Mais Georget pleurait,
lui !... c'était l'illusion de sa sœur qui se trouvait déçue.

— Ne te chagrine pas, frère, lui dit Georgette en le cali-
nant. Tu vois bien que cela ne me fait pas de peine... Je n'y
tenais pas beaucoup à ce vilain sucre, va... Du sucre, peuh !..
Ça ne doit pas être bon du tout... Une fois déjà j'ai pu en goû-
ter, et je n'en ai pas voulu... Tu vois?...

Pour toute réponse, Georget hocha sa blonde tête d'un
air incrédule.

— Tu ne crois pas, méchant ? poursuivit la mignarde petite fille. Eh bien ! je veux te conter comment cela m'est arrivé ; écoute... Tu écoutes, n'est-ce pas ? — Oui !... fit Georget d'un souffle tout gros de désespoir.

Georgette lui prit les deux mains, et commença son histoire :

IV

En cet endroit, le jeune officier de l'armée des Indes s'arrêta de nouveau.

Il y avait dans son regard une hésitation, sur ses traits
une rougeur, sur ses lèvres un presque enfantin sourire,
qui le rendaient plus intéressant, plus charmant encore.

— Monsieur, dit-il ainsi, l'histoire de Georgette va vous
sembler bien puérile peut-être ? Mais elle est si profondément restée dans mon souvenir que je me la rappelle mot
pour mot et que je ne puis résister au plaisir de vous la
dire. Déjà vous en avez souri, sans doute... j'ai beau vouloir en sourire moi-même, je ne sens des larmes plein les
yeux !... Soyez donc indulgent, je vous en prie !

Je balbutiai quelques encouragements sincères, car le
commencement du récit de mon compagnon, m'avait très
fort ému moi-même, et j'attendis.

Le jeune capitaine essuya ses pleurs et continua.

« Une belle dame, dit Georgette, passait avec un kings'-
charles, qu'elle conduisait en laisse par un ruban de soie.
Tout à coup, elle tenait dans sa main un morceau de sucre,
blanc comme neige. C'était un jeune homme qui venait de
le jeter au petit chien... un beau jeune homme qui parlait à
la dame, mais auquel la dame ne semblait vouloir répondre.
Naturellement, le gentil king's-charles veut ramasser le morceau de sucre. Par malheur, la dame, qui marchait toujours, tire le cordon de soie. Plus moyen d'attraper le sucre.
Il fallait voir la pauvre petite bête se pendre en arrière et
jeter des cris plaintifs... La dame marchait toujours... Moi,
j'avais ramassé le sucre, et j'allais le croquer avec bonheur... J'en avais grande envie, va !... Mais au moment de
le mettre sous ma dent, je regarde encore une fois le king's-
charles, qui criait et pleurait d'un air tout triste et tout chagrin. Ça me fit froid au cœur, et vite je courus lui rendre
son morceau de sucre ; il lui appartenait légitimement : il
le prit aussitôt dans sa petit gueule rose.

— Et que t'a donné la belle dame ?... demanda Georget.
— Rien !... fit Georgette avec une fierté enfantine et charmante ; je ne lui ai rien demandé... Mais j'étais payée de
mon sacrifice... Le petit chien grignotait son cher sucre
avec tant de plaisir !... Je fus cent fois plus heureuse de le
voir manger que si je l'eusse mangé moi-même... C'est bien
bon d'être honnête et de faire du bien, va !

Georget essuya ses larmes, embrassa Georgette, et les
deux petits mendiants redescendirent enchantés dans la
plaine la plus verdoyante de la verte Erin.

V

« On était alors en été, poursuivit mon compagnon ; les deux pauvres enfants demandaient moins à l'homme qu'à la nature. Ils n'avaient plus à s'inquiéter des haillons pour combattre la bise ; le soleil se chargeait presque à lui seul de les habiller l'un et l'autre. Les fruits qui pendaient aux arbres du chemin , les quelques pommes de terre , oubliées lors de la récolte , suffisaient à leur nourriture. Ils étaient bien heureux, bien réjouis et bien riches pendant l'été ; l'été, c'est la saison du pauvre.

» Ils ne mendiaient que le dimanche, au milieu des fêtes du village, ou bien lorsque la Providence amenait aux montagnes de Wicklow des voyageurs anglais ou français , des touristes avides de visiter la vallée de Glendalough et les ruines des Sept-Eglises , bâties aux temps reculés par le grand saint Kévin.

» Alors ils suivaient ces riches et généreuses caravanes ; ils s'enfonçaient avec elles dans les montagnes , traversant toute cette route enchanteresse et sauvage qui a nom Bray, Cuniskerg, Zoudhtay, Laragh, Anamœ.

» On leur donnait toujours quelque penny, à ces cicerones si complaisants, si pittoresques !

— Ils font bien dans le paysage, disaient les artistes.

» Puis , lorsque la récolte avait été bonne , séduits eux-mêmes à leur tour par les charmes de cette belle nature, ils se fixaient dans la vallée des Deux-Lacs, tant que duraient les provisions.

» Quelles bonnes journées insouciantes et joyeuses !

» On courait parmi les rochers et les ruines , autour des lacs , le long des ruisseaux ; la nuit , on couchait dans la grotte même de Saint-Kévin , ou bien à la belle étoile et dans la pierre de la Biche , ce berceau ovoïde, où la tradition rapporte qu'une biche venait tous les matins déposer son lait pour un nourrir un enfant dont la mère était morte. C'était la couche favorite de Georgette et de Georget.

» La forme arrondie de ce trou les rapprochait encore plus que d'ordinaire ; le sommeil leur semblait plus doux, poitrine contre poitrine , yeux contre yeux, enlacés comme deux jumeaux dans le sein de leur mère.

» Un matin, en s'y réveillant, ils restèrent tous deux frappés de surprise.

» Une femme en costume bizarre, au regard étrange , se tenait devant eux et les contemplait attentivement.

» C'était la vieille Phuca, la prophétesse mystérieuse, la sorcière vénérée qui présidait l'avenir à tous les fils superstitieux de la naïve Irlande.

— Enfants ! déclara-t-elle après avoir longtemps examiné leurs fronts et leurs mains, votre sort est de mourir jeunes !... — Quel malheur ! soupira Georget, pauvre Georgette... c'est si bon de vivre !... — Pauvre Georget ! sanglota Georgette. — Enfants, poursuivit la sibylle , la mort vous frappera tous deux ensemble , à la même heure. — Oh ! tant mieux !... s'écria Georgette avec une joie qui souriait à travers ses larmes , tant mieux, nous ne nous quitterons pas ! — Vienne la mort, ajouta Georget, puisqu'elle viendra nous coucher dans la même tombe !... — Votre tombe, ajouta la sorcière en étendant la main vers l'Océan, la voilà !... — La mer ! s'écrièrent les deux pauvres enfants avec effroi. — Ne vous plaignez pas, enfants ! répondit l'étrange sibylle d'une voix si douce qu'elle semblait un chant mélodieux ; il est au fond de l'Océan une île tapissée d'or, et dont le ciel liquide étincelle sans cesse comme un soleil de diamants. Là se taisent éternellement les tempêtes et le malheur. Là, tout est amour, harmonie et délices... Là, vivent plus heureux que les rois de la terre, plus heureux que les anges du ciel, les matelots perdus , les pêcheurs sombrés dans les nuits noires , et les petits enfants engloutis pendant leurs jeux sur les galets du rivage. — Mais je ne quitterai pas Georgette ! demanda Georget. — Mais je ne quitterai pas Georget ! s'écria Georgette. — Non, répondit la vieille Phuca d'une voix plus douce encore, non , mes enfants... la plus grande des joies de ce paradis de l'Océan, c'est d'y retrouver ceux qu'on aime... et l'Océan vous réunira tous les trois !... — Tous les trois ? firent en même temps les deux enfants étonnés ; mais nous ne sommes que deux , madame la sorcière. — Tous les trois !... tous les trois ! répéta-t-elle en disparaissant à travers les ruines.

VI

Ce singulier horoscope n'attrista nullement les deux pauvres petits ; mais il les intrigua beaucoup.

Quel était donc ce nouveau camarade , ce troisième ami qui semblait devoir s'associer à leur avenir ?

Comme tout exprès pour le leur apprendre, la première partie de leur prédiction ne tarda pas à se réaliser.

L'ami en question, ce fut un chien.

Un pauvre petit chien abandonné comme eux, comme eux sans pitance et sans asile.

Il était même plus malheureux encore ; il lui manquait une patte.

L'accueillir avec force consolations et caresses fut la commune impulsion des deux enfants.

Dans sa reconnaissance, le pauvre animal se mit à lécher les pieds nus de Georgette.

Et, notez-le bien, c'était un king-charles.

— C'est celui de l'autre jour, s'écria Georgette, il m'a reconnue... c'est le chien au morceau de sucre, au ruban de soie, au beau collier de maroquin rouge encerclé d'or. Pauvre petite bête ! comme le voilà déchu de son opulence, de sa splendeur ! C'est probablement à cause de sa patte cassée , coupée... il ne faisait plus honneur à sa maîtresse , l'ingrate l'aura banni, perdu, parce qu'il était estropié, malheureux ! Mais c'est qu'il est encore très-gentil comme ça... et tout jeune encore vraiment , presque de notre âge... — Il faut le garder avec nous ! proposa Georget. — Nous sommes bien pauvres, observa Georgette, dont la bonne petite mine charitable souriait à la pensée de l'adoption ; comment pourrons-nous le nourrir, ayant à peine assez pour nous-mêmes ? — Bah ! s'écria Georget, bah ! le ciel y pourvoira. Dans le peu que nous trouverons, nous ferons désormais trois parts. Souviens-toi donc de ce que tu m'as dit l'autre jour sur la montagne , et précisément à propos de lui-même : faire le bien, c'est si bon !

L'adoption fut résolue.

Le king's-charles semblait avoir compris les paroles de ses nouveaux maîtres ; il les en remercia par un regard attendri, par un joyeux aboi.

Et voici comment, de deux, ils devinrent trois.

On avait ramassé le king's-charles près des Sept-Eglises, on le nomma Kévin.

Que le saint patron de l'Irlande pardonne aux deux enfants cette irrévérence !

Chaque nuit l'attentif Kévin , tantôt oreiller, tantôt chancellière , soutenait les têtes blondes de Georgette et de Georget, ou bien réchauffait de son épaisse et soyeuse fourrure leurs pieds engourdis par le froid.

Et c'était un groupe attendrissant que ce pauvre chien boiteux veillant sur ces deux bambins en guenilles...

VII

Des années ainsi s'écoulèrent, et l'adolescence arriva.

Un jour, je ne sais trop comment cela se fit, quelque mendiant de leur connaissance dit à Georget :

— Lorsque vous serez en âge, la petite amie et toi, il faudra vous marier.

Georget trouva l'idée admirable et courut tout aussitôt la communiquer à Georgette.

— Voudras-tu ? conclut-il. — Pourquoi pas?... répondit-elle. Mais à deux conditions... — Lesquelles ? — D'abord , c'est que nous trouverons un bon curé qui nous marie gratis... — Ça sera facile. Ensuite. — Ensuite, c'est que nous aurons chacun notre dot. Tu sais combien cela porte malheur d'entrer sans dot en ménage !

Georget voulut insister, mais Georgette fut inébranlable.

Dame ! elle était Irlandaise, et ses scrupules venaient d'une des croyances les plus entêtées de l'Irlande. Il est bien rare que l'on se marie dans la verte Erin sans apporter chacun quelque chose, ne fût-ce qu'un simple schelling, à la communauté. Bien plus, ces dots chétives à faire sourire doivent être parfaitement égales ; et, dans les campagnes, si le prétendu se trouve à la tête d'une livre sterling, la fiancée doit au moins posséder un jeune porc... Telle est la dot presque ordinaire des villageoises irlandaises.

Or, le pauvre Georget voyant bien qu'il ne gagnerait rien à combattre les préjugés inflexibles de Georgette, prit la sage résolution de flatter sa manie ; il lui dit :

— Voyons, que veux-tu que nous ayons chacun pour nous marier ? — Chacun un schelling ! répondit Georgette d'un ton résolu. — C'est beaucoup ! soupira Georget avec découragement.

En effet , deux schellings, c'était un trésor pour ces pauvres petits.

Mais Georget avait du courage, et déjà peut-être un peu d'amour, bien qu'il ne fût encore qu'un enfant.

Il voulut tenter l'impossible.

VIII

Chaque matin, debout avant le jour, il se mit à mendier sans repos et sans trêve jusqu'au coucher du soleil. On le voyait continuellement trotter d'un square à un autre. Pas un habitant de Dublin ne sortait de sa demeure sans rencontrer la main de Georget tendue sur son chemin.

Ni la fatigue, ni la pluie, ni les rebuffades ne le décourageaient; il ne se laissait rebuter par rien, et tandis qu'il se donnait tant de peines pour augmenter la recette, il s'évertuait par mille moyens à diminuer la dépense. Par malheur, il se privait bien, lui, mais il ne pouvait pas se résoudre à économiser sur la part de Georgette, ni même sur celle de Kéven.

Néanmoins, Georgette y mettait du sien. Elle voyait son frère malheureux, et sans se départir de ses principes, elle l'aidait de son mieux à amasser les deux schellings, modeste budget de leur bonheur à venir.

Enfin Georget comprit avec douleur qu'il ne pourrait jamais arriver à ce formidable capital, et se creusa nuit et jour la cervelle pour chercher quelqu'autre ressource ingénieuse.

Voilà ce qu'il parvint à trouver.

— Ecoute, Georgette, dit-il un soir à sa sœur chérie, j'ai entendu dire que l'on fait fortune en voyageant; veux-tu partir de Dublin? — Partir? murmura Georgette. — Oui, reprit Georget, tous les pauvres font, au moins une fois dans leur vie, le tour de l'île... Entreprenons aussi ce voyage, et je suis certain qu'au retour nous rapporterons chacun notre schelling, peut-être même davantage!... Je t'en prie, partons!... Ici, tu le vois, je ne puis réussir... Nous serons plus heureux en route... Viens... viens ?

Georgette hésita longtemps. Elle aimait le lieu témoin de son enfance. Le reste de l'île lui semblait un monde inconnu. Ce long voyage l'effrayait. Elle en avait peur...

Mais Georget la pria tant, il lui dit si bien que son refus le rendrait malheureux!...

Enfin, elle consentit à partir!...

Georget bondit de joie; et, dès le lendemain, à l'aube naissante, ils sortaient de Dublin par la porte du Sud.

Tout alla pour le mieux du monde jusqu'aux limites de leurs promenades ordinaires; mais là, Kévin s'arrêta sur ses trois pattes et sembla, de son regard contrit, supplier les voyageurs de ne pas s'aventurer plus loin.

Georgette n'eût pas mieux demandé, mais déjà Georget semblait impatient de se remettre en route.

Alors la pauvre petite fille se retourna une dernière fois vers les clochers de sa ville natale qui disparaissaient à l'horizon, et s'écria en pleurant:

— Adieu, Dublin... Adieu! — Non pas adieu, — répliqua Georget, — mais au revoir. — Peut-être, frère! — sanglota-t-elle en s'appuyant sur son épaule. Qui sait si nous les reverrons jamais!...

Quant à Kévin, il jappa d'un ton plaintif; regarda piteusement sa jambe infirme, puis, comme un philosophe qui prend gaiement son parti, il se mit à suivre ses deux jeunes maîtres, en boitant le moins possible.

Depuis la baie de Dublin jusqu'à l'embouchure du Black-Water, le pays est verdoyant, fertile, presque riche. Aussi les quinze premiers jours du voyage furent-ils pleins de charmes et de plaisir pour Georgette et pour Georget.

Georgette elle-même avait oublié les tristes pressentiments du départ.

Partout les deux enfants se voyaient accueillis et fêtés dans les fermes et dans les cottages. Rarement il leur tombait un penny, mais partout on partageait avec eux les amples gamelles de pommes de terre bouillies. Kevin engraissait à vue d'œil, et ne boitait presque plus.

Cependant, si le présent était agréable, rien ne s'annonçait en mieux pour l'avenir, et pas une obole ne formait encore le commencement de la double dot exigée.

Aussi, tout en cheminant, Georges employait toute son éloquence pour démontrer à Georgette combien la fortune est inutile au bonheur.

Mais elle s'obstinait dans son préjugé.

— Et d'ailleurs, — disait-elle, — rien ne nous presse encore; tu ne dois avoir guère plus de quinze ans, moi, guère plus de treize.

Un jour, aux environs de New-Bors, les trois voyageurs se trouvèrent au milieu d'un horrible tapage.

Un jeune homme, désespéré, furieux et difficilement retenu par vingt bras robustes, voulait enfoncer la porte d'une ferme qui venait de se refermer violemment sur lui.

Nos jeunes curieux demandèrent la cause de sa colère, de son désespoir.

Voici ce que leur apprit un des assistants:

— Ce jeune homme devait épouser le jour même la fille du fermier; elle apportait une livre sterling, lui possédait un jeune pourceau. Tout allait pour le mieux, et la veille au soir on se disait encore: A demain le mariage... Mais, dans la nuit, le pourceau était mort, et maintenant on mettait à la porte le fiancé, qui n'avait plus rien. — Tu vois, dit Georget, avide de profiter de la circonstance... tu vois, sœur... la fortune peut se perdre, et le bonheur s'enfuit avec elle. Suppose que nous ayons tous deux notre schelling, et que l'un de nous vienne à égarer le sien... Il vaut donc mieux ne rien avoir ni l'un ni l'autre... — Cela nous porterait malheur, je te le répète, — insista Georgette, — et d'ailleurs, puisque j'ai consenti à voyager pour amasser notre dot, attendons au moins la fin du voyage. — Mais, si, de retour à Dublin, nous sommes aussi pauvres qu'au départ, ah! que diras-tu alors? — Nous verrons, — balbutia Georgette, qui ne voulait pas se départir entièrement de son ultimatum. Nous verrons quand viendra l'âge.

Mais dans cette réponse évasive, Georget vit toute une promesse de bonheur. — N'obéissant qu'à son impatience, il pressait ardemment la marche du voyage, au risque de fatiguer les petits pieds mignons de sa compagne et les trois pattes épuisées de son boiteux compagnon.

De sorte que, dès le lendemain, ils entraient dans le comté de Cork.

IX

Quel changement! quelle différence avec les comtés de Waxford et de Wicklow!...

Plus de riants cottages, plus de champs en culture, plus d'arbres ombrageant les chemins.

La stérilité, la désolation, la misère!

Pourtant, le voyageur fatigué ne rencontre que des masures effondrées, des huttes informes, des terriers de bêtes fauves, où des créatures humaines, haves et décharnées, grelottent la fièvre, agonisent dans l'abrutissement ou le désespoir, et meurent de faim!

Eh bien! ces malheureux gardaient encore une part pour l'hospitalité.

Mais que partageait-on!

Des pommes de terre gâtées, des racines amères, et quelquefois des herbes sauvages... le tout cuit ensemble et formant une bien triste bouillie.

Parfois, c'était pis encore que cela... Rien!...

Alors, il fallait parcourir les campagnes arides avec des hordes affamées d'enfants fiévreux et moribonds... chercher tout le jour un tubercule oublié dans la terre cent fois déjà remuée... disputer une étrange pâture, une picorée hasardeuse aux animaux des bois, aux oiseaux du ciel!...

Combien alors les pauvres petits voyageurs maudirent cette fatale idée d'ambition et de voyage!

Georget seul conservait encore quelque force et quelque énergie.

Mais la chétive Georgette se traînait défaillante et blême.

Mais Kevin devenait plus gémissant et plus éclopé que jamais.

Quelques jours encore, et c'en était fait de Georgette et de Kevin!

Georget s'arrachait les cheveux, en s'accusant du malheur de Georgette.

Nul espoir n'apparaissait à l'horizon!...

Cependant, quelques milles avant Youghal, ils aperçurent, au bord de la baie, une cabane où quelques matelots s'enivraient de wisky, tandis que leur goëlette se balançait à distance sur les flots moutonneux de la mer.

Ils se traînèrent jusque-là, ils tendirent à l'aumône leurs mains amaigries.

Mais deux matelots saisirent Georgette par la taille et voulurent l'embrasser, en criant des mots qu'elle ne comprit pas, mais qui ramenèrent pour un instant de vives couleurs sur son pâle visage.

Puis, elle se mit à pleurer.

Georget s'élança sur les matelots et parvint, après bien des coups donnés et reçus, à délivrer sa sœur.

Il frappait à la fois des pieds et des mains, il mordait ; Kevin, de son côté, mordait aussi. De sorte qu'on les jeta tous les trois à la porte. Et sans aucun soulagement à leur détresse.

A quelques pas du fatal cabaret, Georgette chancela.

Alors Georget la prit dans ses bras, et la porta jusqu'au sommet d'une des dunes laborieuses qui bordent, en cet endroit, la mer ; ses forces ne lui permettaient pas d'aller plus loin.

— Courage, sœur ! dit-il en la déposant à terre... courage. Youghal n'est qu'à six milles d'ici, et peut-être, à Youghal, on nous fera l'aumône ! — J'ai bien faim ! murmura Georgette d'une voix presque éteinte. — Eh bien ! — proposa Georgette, — laisse-moi courir jusqu'à Youghal !... Dans quelques heures, je serai de retour, et dussé-je voler, je te rapporterai du pain ! — Non ! — murmura la pauvre petite, avec un reste d'énergie. Toi, voler !... j'aime mieux cent fois mourir !... Et puis, je ne veux pas rester ici toute seule, à côté de ces vilains hommes qui me font peur !... — Mais que faire alors ? — s'écria le pauvre garçon d'un accent désespéré. — Attendre jusqu'à demain matin ! — répondit la jeune fille. Le sommeil me rendra sans doute assez de forces pour que je puisse me remettre en route ; déjà mes paupières se ferment... Reste près de moi, frère ; tu vois... je m'endors tout doucement... A demain ?...

Et déjà la douce enfant, appuyant sa tête sur les genoux de son frère et la main dans sa main, s'endormait d'un fiévreux sommeil.

Georget veillait, lui !...

Parfois ces mots terribles s'échappaient comme une plainte déchirante des lèvres entr'ouvertes de la jeune fille :

— J'ai faim !... faim...

Kevin, étendu sur le sable, lui faisait écho par un gémissement sourd et étouffé.

Georget pleurait et priait.

Un moment, il eut la pensée de profiter du sommeil de sa sœur pour courir jusqu'à Youghal.

Mais comment partir sans risquer de la réveiller ?... elle tenait en dormant la main de Georget.

Avec toutes les précautions imaginables, il chercha à se dégager.

Georgette rouvrit les yeux, où passèrent de tendres reproches... puis elle resserra plus étroitement encore sa fiévreuse étreinte...

Le pauvre garçon était comme rivé sur cette étroite dune de sable à la jeune fille mourante !...

Quelle nuit épouvantable et longue ! Ce fut à croire qu'elle ne finirait jamais !...

Le malheureux enfant resta immobile, le cœur brisé, les yeux ardemment fixés sur cette cabane maudite, où les matelots chantaient encore...

C'était horrible !

— Qui sait ! se disait-il cependant, — lorsque les matelots seront partis, le maître se montrera peut être plus charitable envers nous. C'était là sa dernière espérance.

Vers la fin de la nuit, une épaisse et large fumée s'échappa tout à coup du toit de chaume.

Georget crut rêver, car les tortures de la faim lui faisaient déjà des visions étranges.

Mais, non !... c'était bien une réalité.

On mettait le feu au cabaret, dont la cave sans doute était vide, et dont le misérable propriétaire venait de s'enrôler avec ces derniers buveurs.

La lueur de l'incendie éclaira les flots ; Georget aperçut le canot s'éloigner du rivage avec un matelot de plus qui chantait aussi fort que les autres !...

X

Enfin le jour parut, sombre, nébuleux, et tout chargé d'orage.

La mer semblait presque noire, et déjà bouillonnait confusément.

— J'ai faim !... murmura Georgette en rouvrant ses yeux affaiblis et voilés.

A cette plainte, Kevin se prit à ramper sur le sable, et vint lécher les mains pendantes de sa maîtresse.

— Attends, sœur, — répondit Georget en appuyant la tête de la jeune fille sur le corps docile du pauvre chien. Attends un peu... la cabane qui brûle est déserte maintenant; mais le bon Dieu est bon... J'espère encore y trouver quelques miettes de leur repas d'hier soir ?

Il s'élança en courant.

Malgré les flammes, malgré la fumée, il pénétra dans cette cabane.

Il chercha partout.

Rien !... rien !...

Si fait, cependant...

A terre, dans un coin, au milieu d'une mare de sang et de porter, un cadavre !...

Celui d'un pauvre enfant, du mousse du bord, dont le contre-maître, plus ivre que les autres, avait brisé le crâne avec une bouteille vide.

Georget retourna, en pleurant, vers sa compagne.

Il n'eut pas besoin de paroles ; elle lut son désespoir dans ses yeux...

— O mon Dieu ! — sanglota le pauvre garçon, — si nous pouvions atteindre Youghal, nous serions sauvés !...—Aide moi, frère ! — s'écria Georgette avec un accent de suprême courage qui navrait le cœur, aide-moi ! Je veux essayer encore...

Alors un éclair de joie brilla dans les regards un moment ranimés de son frère... Il souleva doucement la courageuse enfant, la soutint, la guida.

Elle fit ainsi quelques pas...

Kevin les regardait partir d'un œil craintif et réjoui.

Mais bientôt Georgette se laissa glisser à terre avec un soupir... Ses forces étaient à bout.

— Eh bien, je te porterai !... s'écria Georget avec l'élan d'une résolution suprême.

Georgette voulut refuser d'un geste défaillant et désespéré. Déjà Georget l'enlevait dans ses bras, et se mettait en marche avec son cher fardeau.

Mais ! hélas, lui aussi, il avait trop présumé de ses forces, épuisées par l'insomnie, par la fatigue et la faim.

Au revers de la colline, les deux pauvres petits roulèrent ensemble sur le sable, brisés, anéantis et mourants.

Kevin vint se coucher en gémissant, à côté d'eux.

Alors commença sur cette plage déserte une scène de désespoir et d'agonie.

Georgette restait immobile, languissante et les yeux déjà fixés vers le ciel, comme pour y chercher son chemin.

Georget s'agitait convulsivement ; il se déchirait la poitrine avec ses ongles.

— Mourir !... mourir ! criait-il au milieu de ses sanglots.

Elle, elle, mourir si gentille et si jeune !... Oh !... non... non... c'est impossible !... — Oui, murmurait Georgette d'une voix si douce qu'on eût dit le dernier chant du cygne. Mourir tous deux... ensemble... La sorcière nous l'a prédit... je l'ai revue cette nuit en songe... Elle me disait que le moment était venu... Elle me montrait au fond de la mer cette île enchantée où nous devons être éternellement réunis... Pourquoi pleurer, frère ?... Nous allons partir pour un paradis... nous n'aurons plus ni faim, ni froid... Viens près de moi pour expirer l'un à côté de l'autre, et nous envoler en nous tenant par la main... le séjour promis... Nous ne pourrons pas nous aimer davantage que sur la terre... Mais nous serons plus heureux !... Viens... viens... plus près... plus près encore !... — Et dire, poursuivait-il, dire qu'à six mille d'ici et à Youghal... que là, devant nos yeux... sur la mer, il y a cette goëlette... Des deux côtes de quoi te rendre à la vie... et que je ne puis atteindre ni Youghal ni la goëlette !...

Mais, tout à coup changeant de ton, il s'écria :

— O mon Dieu !... mon Dieu ! — Quoi donc ?... demanda Georgette. — Sauvée !... sauvée ! répétait-il d'une voix follement joyeuse. — Comment ? — Là-bas ?... — une barque qui se détache du vaisseau... qui vient vers le rivage... qui aborde... — Q'importe ?— Qu'importe !... il y a des hommes qui peuvent nous donner du pain... — Les matelots d'hier... Ils te battraient encore... Non !... non... Mieux vaut mourir que de rien leur demander !...

Elle parlait encore que Georget déjà courait vers les arrivants.

En effet, c'était les matelots de la veille qui revenaient dans l'espoir de ramasser au hasard le premier enfant trouvé sur la plage pour remplacer le mousse assassiné par le contre-maître. Lui-même devait continuer l'expédition.

— Voilà notre affaire !... s'écria-t-il en apercevant Georget. Eh ! c'est justement le drôle qui me harponnait si vigoureusement hier soir avec ses griffes. Vivat !... Satan lui-même nous envoie cette bonne aubaine... Alerte, camarades !...

Le pauvre enfant arrivait, haletant, les mains jointes et la bouche entr'ouverte.

Avant qu'il eût articulé un seul mot, deux robustes marins le saisirent à la fois par les pieds et les épaules, et, sans écouter ses prières ni ses menaces, l'emportèrent dans la barque, qui s'éloigna aussitôt à force de rames.

En vain le malheureux voulait se débattre. Un coup de poing du contre-maître termina cette scène. Georget n'eut que la force de pousser un dernier cri, et il s'évanouit.

Mais ce cri suprême vint frapper l'oreille de Georgette, et galvanisa ce corps déjà presque inanimé. La jeune fille mourante surgit tout à coup, droite et forte, sur la colline de sable.

D'un regard, elle comprit tout.

Et rapide, palpitante, échevelée, elle courut au rivage, afin de se rapprocher de son frère.

Bientôt l'Océan arrêta sa course, et mouilla ses pieds nus.

Elle mesura d'un œil intrépide l'immense obstacle, s'avança jusqu'à ce que les flots lui montassent aux genoux, et, dans le fol élan de son cœur, elle allait s'engager toute entière, lorsqu'en regardant autour d'elle elle aperçut une vieille barque attachée le matin encore à la cabane maintenant en cendres.

Alors seulement, elle revint sur ses pas.

La barque était brisée, entr'ouverte, à moitié remplie d'eau, mais libre de ses liens, déjà doucement entraînée par le reflux.

Georgette ne calcula rien. Elle s'élança dans cette périlleuse embarcation, saisit la seule rame qui se rencontrât sous sa débile main, l'appuya sur les galets, ainsi qu'elle avait souvent vu faire aux bateliers de Dublin, et, la repoussant de l'épaule, elle vit sans pâlir la barque s'éloigner du rivage.

La marée, qui descendait toujours, l'entraîna rapidement vers la goëlette... C'était tout ce qu'elle demandait, et bravement elle s'aventura sur la mer.

Cependant elle frémit tout à coup.

Les planches avaient tremblé sous ses pieds ! Quelque chose venait de tomber auprès d'elle !...

Mais non... C'était un ami qui accourait à son aide... c'était le fidèle Kévin qui venait de sauter dans la barque.

XI

— Donnez vingt coups de garcette à ce drôle ! disait en ce moment le contre-maître ; ça lui apprendra à se regimber ainsi !

Effectivement, dès que les lanières commencèrent à tomber sur les épaules nues du pauvre Georget, il devint tout à coup immobile et silencieux.

C'est qu'il venait d'apercevoir au loin Georgette dans le frêle canot, Georgette s'avançant sur la mer.

En vain les bourreaux frappaient à tour de bras, en vain le sang jaillissait des chairs déchirées par le fouet, il ne sentait plus ni les coups ni la douleur. Il restait sans mouvement et sans voix, la bouche béante, les regards attachés vers la petite barque effroyablement ballotée par les flots couverts d'écume et déjà gonflés comme des montagnes.

On eût pu le frapper toujours ; son corps restait insensible, car tous ses sens, toute sa vie, venaient de passer dans ses yeux.

L'orage s'approchait, le tonnerre grondait au loin... Chaque vague semblait vouloir engloutir l'imprudente embarcation.

Tantôt elle apparaissait suspendue à la cîme d'une vague, tantôt elle disparaissait comme précipitée dans les profondeurs de la mer, et devenait pendant une seconde invisible à tous les regards.

Ces alternatives d'angoisses étaient pour Georget de véritables blessures... blessures qui le frappaient au cœur, celles-là !...

Tout à coup la barque s'abîma derrière une vague monstrueuse, et ne reparut plus au sommet écumant de l'autre vague.

En ce moment, un éclair déchira les nuages comme pour mieux éclairer la mer déserte.

Georget la parcourut tout entière d'un dernier regard.

Rien... rien !...

Alors seulement, il jeta un grand cri, et, le désespoir lui prêtant des forces surhumaines, il se dégagea par un brusque mouvement des mains de ses bourreaux étonnés, courut au bastingage, et se précipita tout sanglant dans la mer.

— Tant pis pour lui ! cria le contre-maître. Voici la tempête, et nous sommes près de la côte. Au large, enfants ! au large !

La goëlette fit un premier mouvement pour s'éloigner.

Pauvre Georget !

Élevé sur les bords de la mer, il savait courir sur les flots aussi bien que sur les galets.

Mais en ce moment il était brisé, anéanti, incapable de faire mouvoir ses bras, agiles autrefois comme des nageoires.

Il avait depuis deux jours tant souffert, de la fatigue, de la faim, de la douleur !...

Et cependant il ne s'était souvenu de rien de tout cela en s'élançant au secours de Georgette.

Brave enfant !...

Lieu béni tant d'amour et de courage.

Car, en traversant l'air dans le court intervalle de la chute, il aperçut au milieu des vagues sa chère Georgette, dont les longs cheveux flottaient au vent.

D'abord submergé, il reparut bientôt plein d'espérance à la surface des flots.

Il voulut nager... Hélas ! ses bras engourdis restèrent impuissants.

Mais une vague eut pitié de lui. Elle le souleva bien haut, comme pour lui donner la suprême joie de revoir encore sa compagne.

Georgette était là, tout près à ses côtés, debout sur la barque respectée par la tempête.

S'il parvenait à atteindre cette barque, ils étaient peut-être sauvés tous les deux ?

Ou du moins ils mourraient ensemble.

Cette vue, cet espoir, cette pensée, lui donnèrent les derniers élans fugitifs de la lampe qui se ranime au moment où s'éteindre.

Les vagues, de plus en plus fréquentes et furieuses, soulevèrent à la fois la barque et le nageur en les rapprochant l'un de l'autre.

C'était un spectacle étrange et terrible que la lutte de ces deux pauvres enfants, perdus sur la mer immense, et n'espérant plus de la tempête qu'une mort commune après un dernier baiser !

A la première vague, il se retrouva plus près d'elle.

A la seconde, plus près encore !...

A la troisième, plus près toujours !...

Enfin, il sentit ses ongles glisser contre du bois, et lorsqu'il redescendit avec la vague, il se disait :

— Encore une, et je vais l'atteindre !

Concentrant toute sa vie dans un dernier effort, il remonta encore à la surface de l'océan.

Georgette était là : elle se penchait en dehors de la barque, elle tendait la main à son frère.

Cette main, il put l'effleurer de la sienne.

Mais ce fut tout ; une montagne d'eau les sépara pour jamais.

Il y eut un éclair dans le ciel.

A cette éblouissante lueur, les deux pauvres enfants s'entrevirent une dernière fois à la crête écumante de deux vagues, déjà très éloignées l'une de l'autre.

Puis ils disparurent tous les deux.

Mais hélas ! ils ne devaient pas même avoir la consolation de se retrouver dans cette île mystérieuse et rayonnante, dans cet Eden d'innocence et de délices qui leur avait été prédit au fond de la mer.

Non ! non... la sorcière en avait menti. Georgette seule devait mourir ce jour-là, Georget devait lui survivre.

Quand il revint de son long évanouissement, il était couché dans la cabine du capitaine de la goëlette.

Ce capitaine, — un digne homme, un cœur généreux, — avait paru sur le pont au moment même où Georget s'élançait dans les flots.

Il avait tout appris alors, il avait donné l'ordre qu'on mit un canot à la mer, il m'avait sauvé de la mort.

Oui, monsieur... ce petit mendiant irlandais, c'était moi.

Lorsque j'eus achevé de reprendre mes sens, lorsque je me ressouvins, déjà la côte irlandaise avait disparu dans les brumes de l'horizon.

Oh ! comme je pleurai alors !

Le bon capitaine s'efforça vainement de me consoler, et me prit en affection précisément à cause de la persistance de mon chagrin.

Il me fit donner de l'éducation, m'adopta comme son fils et, quelques années plus tard, en me donnant son nom, il acheta pour moi le grade que je m'efforce de mériter.

Je vais en ce moment retrouver mon bienfaiteur.

LE CONSEIL DU PASTEUR

I.

— Gretchen, dit ce matin-là le pasteur Muller à sa gouvernante, ne m'attendez que ce soir; je dîne chez la veuve de mon ami le docteur Benzel.

Là-dessus, prenant sa canne et son chapeau, le digne homme commença sa tournée pastorale.

Le village, qu'il traversa d'abord dans toute son étendue, était un de ces jolis villages allemands, aux maisonnettes bleues, aux maisonnettes vertes, aux maisonnettes roses, petites fenêtres, petites vitres, petits balcons fleuris, petits jardinets devant chaque petite porte hospitalière, tout cela était propret, coquet, guilleret à faire envie : un décor d'opéra-comique, une perspective de conte des fées, un joujou de Nuremberg tout frais sorti de son écrin de sapin blanc.

Partout le pasteur entrait, partout il laissait une consolation, un encouragement, un bon avis, une riante promesse, une aumône chez quelques-uns, chez tous, avec l'empreinte de ses pas que semblait pieusement conserver le beau sable jaune dont chaque maisonnette était semée, comme une trace de divine lumière, comme une bénédiction du ciel.

Puis, tournant le dos au village, il disparut sous les saules qui bordent le ruisseau; il allait au loin porter la parole de Dieu dans la vallée, dans la forêt, dans la montagne; car ceci se passe au milieu de cette pittoresque partie du duché de Bade, qui a tous les aspects, toutes les magnificences, tous les enchantements de la Suisse, sa voisine et sa sœur.

Après avoir causé avec le laboureur dans son sillon, avec les charbonniers et les bûcherons dans les clairières, avec les chevriers et les chasseurs de chamois parmi les roches presques inaccessibles qu'ils habitent, l'évangélique promeneur s'en revint par le revers du coteau vers la plaine, dont il n'oublia ni les métairies, ni les usines; ne fallait-il pas que chacun eût sa part?

Cette activité, du reste, cette existence au grand air, conservaient au saint vieillard toute la verdeur et tout l'entrain de la jeunesse. A le voir partir ainsi presque chaque matin, et gaillardement marcher jusqu'au soir, jamais vous ne lui auriez donné ses soixante ans. Son esprit et son cœur étaient plus jeunes encore que ses jambes. Il avait les cheveux entièrement blancs, mais longs et bouclés comme des cheveux d'enfant. Rien d'intelligent comme son front, rien de doux comme son regard, rien de charmant et de bon comme son sourire. Avec lui, dans chaque demeure, entraient la concorde et la joie. Les vieillards se sentaient ragaillardis comme par un rayon de soleil, les petits enfants battaient des mains, les animaux eux-mêmes semblaient prendre part à l'allégresse générale. La vache, le chien, les volatiles de la basse-cour entonnaient une fanfare de bienvenue chacun dans son idiome particulier. Il n'y avait pas jusqu'à l'âne qui ne se mît de la partie, parfois même il joignait à sa note symphonique un folâtre ébattement sur le dos, les quatre fers en l'air. Le pasteur avait une caresse pour chacune de ces pauvres bêtes, il avait grand soin de défendre qu'elles ne fussent battues; peut-être le savaient-elles bien, peut-être s'efforçaient-elles de lui en témoigner ainsi leur reconnaissance.

Mais revenons aux gens. S'était-on querellé entre amis ou parents, la brouille attristait-elle un ménage? Il fallait bien vite qu'on se raccommodât. Par une sorte de seconde vue magnétique, le saint homme devinait les mauvaises intentions et les arrachait des cœurs avant même qu'elles eussent poussé leurs premières racines. De cette façon, ni la haine ni l'envie n'osaient approcher de la paroisse; il en était de même des gens de loi; jamais un procès ne parvenait à pousser sa première feuille sur les domaines du docteur; les gendarmes en avaient désappris le chemin, et le garde champêtre lui-même s'y croisait les jambes et les bras, faute d'a-

voir à constater un délit. Si la vie du bon pasteur eût été éternelle, nul doute qu'il n'en fût arrivé à faire de sa petite paroisse allemande un véritable paradis.

Gardez-vous de croire cependant que ce digne ministre du Christ fût un bonhomme purement débonnaire. Bien qu'il procédât habituellement par la douceur, il savait se fâcher au besoin : il avait alors un courage, une volonté qui le rendaient doublement irrésistible. On citait de lui des traits vraiment surprenants. Il avait mis en fuite deux ou trois mauvais garnements qui eussent fini par gâter tout le reste du troupeau, et qui jusqu'alors avaient passé pour indomptables; il avait fait une peur de tous les diables à l'intendant du seigneur, qui voulait se permettre de rançonner les fermiers de son maître; on allait même jusqu'à prétendre qu'il avait attendri un huissier... C'était, comme on le voit, réaliser l'impossible !

Aussi considérait-on le pasteur comme une sorte de Providence faite homme. On s'empressait d'exécuter ses ordres; on venait de dix lieues à la ronde lui demander des conseils, et l'on se trouvait toujours à merveille de les avoir suivis. Du reste, ainsi que notre début a dû le prouver, il n'attendait pas qu'on vînt à lui, il allait de lui-même à tous. C'était une sorte de contre-partie du Juif errant; c'était, dans son cercle étroit, un autre marcheur éternel; il avait également toujours des gros sous dans sa poche, mais sans cesse renouvelés par ses privations personnelles, qui étaient uniquement consacrés à la charité : c'était l'inépuisable trésor des pauvres.

Ce matin-là, cependant, M. Muller avait fait une tournée si longue et la chaleur était si grande, que, vers le midi, force lui fut de prendre quelque peu de repos à l'ombre d'un bouquet de chênes au feuillage tellement épais, qu'à peine ils en laissaient pleuvoir à leurs pieds des gouttes de soleil.

Là, déposant son chapeau sur le gazon, l'évangélique bonhomme essuya d'abord son front emperlé de sueur, puis il chassa la poussière qui recouvrait ses souliers à boucles d'argent, ses bas gris, ses culottes noires, son gilet en habit marron, modeste uniforme que complétait invariablement une cravate d'une blancheur immaculée. Enfin, il regarda autour de lui pour voir si la Providence ne lui enverrait pas quelque passant avec lequel il pût reprendre, tout en achevant de se reposer, son œuvre du vivant Evangile.

Le hasard, ou plutôt la divinité qu'invoquait M. Muller, amena précisément sur le chemin un jeune couple des environs, un couple de fiancés; c'était le dimanche suivant que devait avoir lieu la bénédiction nuptiale. Or, pas plus tard que la veille au soir, le fiancé... gros gars au gilet écarlate, avait quelque quelque peu de la choppe. Le pasteur le savait déjà, le pasteur savait tout. On affirmait même à ce sujet qu'il avait à ses ordres un génie familier, gnome, ondine ou farfadet..., la qualité n'importe guère à cette histoire.

Bref, M. Muller réprimanda vertement d'abord le fiancé; l'ivrognerie était sa bête noire. Puis, il se tourna vers la fiancée, douce fillette aux longues tresses d'or, et, n'ayant que des félicitations à donner de ce côté-là, il reprit son plus adorable sourire. La scénette se continua durant quelque temps ainsi. La jeune fille, à son tour, grondait. Fi, le vilain amoureux, qui prend le cabaret pour l'antichambre de l'église! D'un air tout confus, le coupable demandait grâce. Le pasteur, gravement assis sur son fauteuil de gazon vert, en arrivait au troisième point de son sermon sur l'intempérance, mais dans sa péroraison toute paternelle, il jouait malicieusement avec le pardon. Et c'eût été pour un peintre de genre un admirable sujet de tableau que le groupe de ces deux pittoresques jeunes gens et de ce bon vieillard sous les grandes ombres de ce vieux chêne !

Mais voici que tout à coup un bruit de galop arrive du lointain. Un nuage de poussière traverse d'abord le chemin, précédant le cheval, qui s'arrêta subitement en face du pasteur étonné.

— Frantz?... demande-t-il au cavalier qui vient de sauter à terre, et qui s'avance précipitamment vers lui. Frantz, qu'y a-t-il donc de nouveau chez vous?

— Ma maîtresse vous prie de venir causer avec elle en toute hâte, monsieur le pasteur, répond d'une voix essoufflée le vieux domestique.

— Mais nous devons dîner ensemble tantôt, l'aurait-elle oublié?

— Je ne pense pas, monsieur le pasteur, mais probablement qu'elle ne pourrait pas attendre jusque-là.

— Quel motif si pressant...

— Je ne sais pas au juste, monsieur le pasteur. Voici tout ce que je puis vous dire : madame Benzel a reçu une lettre d'Heidelberg. Après l'avoir lue, elle paraissait toute troublée, tout inquiète.—Frantz, m'a-t-elle commandé, va bien vite me chercher M. Muller, n'importe où il sera. Cinq minutes après, j'étais à cheval, et je galopais vers le presbytère. Malheureusement, vous étiez déjà sorti; mais Gretchen m'a montré le chemin qu'elle vous avait vu prendre, et depuis ce matin je suis votre piste, m'arrêtant partout où vous vous êtes arrêté, repartant aussitôt dans la direction que m'indique la dernière personne à qui vous avez parlé. Enfin vous voilà! Ne perdez pas de temps, je vous en supplie, monsieur le pasteur. Ma pauvre maîtresse était aussi pâle que le jour de la mort du défunt, M. le docteur, votre ami. M'est sentiment qu'il s'agit pour elle d'un nouveau malheur.

Déjà M. Muller était debout, le chapeau sur la tête et la canne à la main.

— Je cours à l'instant! dit-il.

Et sa fatigue semblait complétement oubliée.

Mais Frantz l'arrêta dès les premiers pas.

— Si monsieur le pasteur voulait... dit-il en montrant son cheval, il serait bien plus promptement arrivé...

M. Muller eut d'abord une légère grimace d'hésitation.

Puis, prenant bravement son parti :

— Je ne suis guère cavalier, fit-il. N'importe, hisse-moi là-dessus.

Et le cheval, emportant désormais le pasteur, reprit de lui-même au galop le chemin du village.

II.

Muller et Benzel avaient été condisciples à l'université d'Heidelberg. A cette époque déjà, une fraternelle amitié les unissait tous les deux.

Plus tard, les éventualités ordinaires de la vie les avaient momentanément séparés.

Le théologien, de quelques années plus âgé que son camarade, avait dû partir pour prendre possession de la paroisse qui lui avait été dévolue en partage.

Cette paroisse, par bonheur, n'était pas trop éloignée d'Heidelberg.

A chaque vacance, l'étudiant en médecine venait rendre visite à son ami le pasteur.

Dès la première de ces visites, Benzel avait remarqué avec une certaine joie qu'il n'y avait pas de médecin dans ce village, ni même dans les hameaux avoisinants.

Il était reparti sans faire part de son observation à Muller. Seulement, sitôt de retour à l'université, il s'était mis au travail avec un redoublement d'ardeur; il avait son plan.

Deux années plus tard, en effet, Benzel arriva comme de coutume aux vacances.

— Bravo! s'écria le pasteur en lui sautant au cou. Nous allons passer encore un bon mois ensemble!

— S'il plaît à Dieu, répondit en souriant Benzel, ensemble nous passerons ici notre vie tout entière.

— Comment cela?

— Je suis reçu docteur, et je viens cette fois, mon ami, pour m'établir médecin dans ta paroisse.

Je laisse à penser la joie de Muller.

Cependant, comme ce n'était point un égoïste, il voulut combattre ce projet dans l'intérêt de l'avenir de Benzel.

— Médecin dans une grande ville, lui dit-il, tu arriveras à la fortune.

— C'est possible, répliqua le nouveau docteur, mais je me crois plus utile ici.

Quelque en rapport que fût cet argument avec son propre cœur, il tenta cependant le courage de résister encore.

— A la cour d'un de nos petits souverains allemands, reprit-il, les honneurs seraient ta récompense. Tu es ambitieux, je le sais.

— J'ai l'ambition d'être médecin de campagne!

— Au moins, réfléchis, Benzel.

— C'est tout réfléchi, Muller, et c'est tout décidé. Où trouverais-je un pays plus charmant, une existence plus tranquille? Où trouverais-je surtout un meilleur ami?

Cette fois le pasteur ne put répondre autrement qu'en serrant dans les siennes la main que lui tendait Benzel, et qu'en se laissant aller dans ses bras.

Dès le lendemain, le docteur était officiellement installé dans la maison du pasteur, et visitait avec lui son premier malade.

L'un et l'autre ils étaient orphelins, l'un et l'autre célibataires, ils vécurent ensemble durant quelques années, chacun pratiquant sa mission de la même manière évangélique, celui-là médecin des corps, celui-ci médecin des âmes.

— Jamais nous ne nous marierons! s'étaient-ils répété bien souvent, avec la sincère croyance de pouvoir toujours vivre ainsi, l'amitié pour eux remplaçant l'amour.

Un soir, cependant, Benzel rentra au logis avec une certaine hésitation, et tourna longuement autour de Muller avec un évident embarras.

— Allons donc!... s'écria joyeusement enfin le malicieux pasteur. Pourquoi tant craindre de m'avouer que je vais avoir à bénir bientôt ton mariage?

— Comment... tu sais!

A cette époque déjà, le pasteur avait sans doute son lutin familier.

— Je sais tout... N'est-ce pas mon état? répondit-il.

— Et tu ne m'en voudras pas un peu?

— Bien au contraire, je te remercie beaucoup. Nous n'étions que deux, nous voilà trois... Qui sait même, bientôt peut-être davantage! Ta femme sera ma sœur, et tes enfants... si le ciel toutefois vous en donne, ce que j'espère... tes enfants seront un peu mes enfants aussi!

— Muller!

— Benzel!

Et les deux amis ne s'en aimèrent pas moins que par le passé.

Il est vrai que le docteur avait merveilleusement choisi sa compagne. C'était une douce et belle jeune fille, au teint délicieusement rosé, à l'ample chevelure blonde, aux grands yeux bleus rêveurs. Rien de simple comme ses goûts, de sensé comme son jugement, d'honnête et de bon comme son âme. Benzel estimait que toutes ces qualités et toutes ces vertus constituaient une dot magnifique, et l'épousa sans se soucier le moins du monde de sa pauvreté d'argent. M'est avis que ce Benzel était non-seulement un grand savant, mais encore un grand sage.

Une blanche maisonnette s'éleva pour les jeunes époux à l'autre extrémité du village. Le presbytère s'était trouvé malheureusement trop petit pour que les deux amis continuassent à vivre sous le même toit. Mais on se vit aussi fréquemment que par le passé. Deux jours sur trois, Muller dînait chez les époux Benzel, le troisième jour les époux Benzel chez Muller. L'aimable caractère de la jeune femme entretenait entre les deux amis un perpétuel enjouement. Jamais trio de gens heureux ne présenta plus parfait accord. Tant d'harmonie, tant de félicité n'existent ordinairement qu'en rêve!

Il y avait, cependant, une ombre à ce tableau, un nuage à ce ciel.

Pas d'enfant!

Mais le ciel devait évidemment un fils, c'est-à-dire un successeur à celui que dans tout le district on nommait le médecin des pauvres.

Le grand jour du payement de cette dette enfin arriva... Ce fut un garçon... quelle joie!

Le pasteur Muller, bien entendu, fut le parrain.

Et il se prit à aimer le fils, comme il aimait la mère, c'est-à-dire presque autant que Benzel lui-même.

L'enfance tout entière s'écoula comme sous une bénédiction céleste. Le jeune Karl grandissait, embellissait à miracle. Il n'avait pas deux ans, que c'était déjà à qui de lui trouverait de l'esprit. Son père et son parrain furent tour à tour ses professeurs, de sorte qu'il n'eut pas à quitter la maison, au grand contentement de la mère, qui eût voulu que l'éducation de son fils se complétât ainsi. Par malheur, ce n'était pas possible.

Karl Benzel allait avoir vingt ans, c'était l'âge d'entrer à l'université d'Heidelberg; il partit.

Ce jour-là, madame Benzel versa sa première larme. Durant toute la semaine suivante, elle resta muette et songeuse. Un sinistre pressentiment lui serra le cœur: avec l'enfant, il lui avait semblé que le bonheur s'envolait du nid.

Rien ne justifia d'abord cette folle appréhension : la prospérité ne paraissait nullement devoir rompre son bail avec la famille du docteur. Karl, étudiant, continua de se montrer aussi studieux que Karl écolier; tout en prenant sa part des traditionnels divertissements d Heidelberg, il resta surtout un bon fils. Chaque semaine il écrivait régulièrement à sa mère; chaque mois il s'en venait pédestrement à travers les montagnes pour passer un joyeux dimanche à la maison. Puis vinrent les vacances, qui furent un long enchantement pour madame Benzel. Évidemment, on ne lui avait pas changé le cœur de son Karl !

Le mois de septembre écoulé, il fallut se séparer de nouveau. De nouveau, mais plus fortement encore que la première fois, madame Benzel se sentit l'âme frappée du même sinistre pressentiment.

Quelque temps après, l'un des premiers soirs de l'hiver, le pasteur et le médecin jouaient au trictrac vers le milieu du salon. Assise au coin de l'âtre où flamboyaient avec de résineuses crépitations les sapins de la montagne, madame Benzel s'occupait à quelque ouvrage de couture, tout en caressant de ses yeux rêveurs le portrait de son mari, qui se trouvait suspendu presque en face d'elle à la muraille. Tout à coup, le portrait se détache de lui-même, et vient rouler avec fracas à ses pieds.

Vainement les deux amis accoururent, vainement ils s'efforcèrent de la rassurer, de la consoler.

Superstitieuse comme une Allemande, elle s'obstinait à voir dans ce simple fait un avertissement du ciel.

La nuit suivante, la même nuit, une chouette vint s'établir aux environs de la maisonnette du docteur, et désormais l'attrista chaque soir de ses gémissements funèbres.

Benzel et Muller plaisantaient à qui mieux mieux de ce nouveau présage de malheur. Parfois même, leur franche gaieté gagnait madame Benzel, qui s'efforçait alors de sourire. Un mois, d'ailleurs, s'était déjà passé. La pauvre femme, cependant, la pauvre mère se sentait l'âme toute pleine d'angoisse et d'effroi.

Hélas! cet instinct de deuil ne devait plus tarder à avoir raison !

Une épidémie terrible se déclara dans le district. Pour la combattre, l'évangélique médecin redoubla de dévouement et d'activité. Nuit et jour constamment en course, il se multipliait au point de sembler être partout à la fois. C'est un homme de Dieu, disait-on. Le mal à son tour le gagna. Il voulut lutter encore. C'était l'hiver, un rude hiver. Le vent faisait rage dans la forêt, la montagne ne semblait plus être qu'un gigantesque glacier, la neige recouvrait tous les chemins. Un dernier soir, l'héroïque docteur sortit encore malgré la violence du tourmente. Le lendemain matin, on le rapportait évanoui, méconnaissable, mourant.

Ce fut inutilement que les princes de la science accoururent d'Heidelberg pour le sauver.

Il était déjà trop tard!

Six semaines à peine après la chute du portrait, après le premier chant de la chouette, le docteur Benzel rendit le dernier soupir entre les bras de sa femme et de son ami.

Nous renonçons à peindre leur désespoir à tous deux.

Peu s'en fallut qu'on n'ensevelit dans le même linceul et le médecin et sa compagne.

Mais le pasteur restait, lui. Il était là, sans cesse près de la pauvre veuve désespérée, sans cesse l'exhortant au courage avec la double autorité de la religion et de l'amitié.

Madame Benzel était chrétienne, était mère... elle vécut.

Au violent désespoir, à la morne douleur, succédèrent peu à peu la patiente résignation, la mélancolique espérance d'être de nouveau réunie à celui qu'elle regrettait dans un monde meilleur. N'était-il pas mort de façon à garantir du moins à sa veuve qu'elle pouvait le retrouver un jour au ciel!

Quelques jours après la cérémonie funèbre, elle redescendit donc au bras du pasteur l'escalier sonore de la maison déserte ; elle put revoir, sans que son cœur se brisât, la place vide au coin du foyer, entendre sonner à la pendule l'heure sans échos désormais à laquelle rentrait ordinairement le docteur, passer l'amère revue de ces mille objets, de ces mille ressouvenances auxquelles l'âme des veuves de nouveau se déchire, auxquelles se rouvre tout à coup la source des larmes qui semblerait devoir être tarie à force d'avoir pleuré déjà.

Le lendemain, ce fut le tour du jardin; chaque allée, chaque massif, chaque arbre, chaque plante, chaque brin d'herbe parlait de celui qui n'était plus là. C'était sur ce banc qu'elle s'était pour la première fois assise à ses côtés, le jour de son mariage, au retour du temple! c'était sous ces marronniers, alors fleuris, en ce moment recouverts de givre, qu'elle s'était un soir penchée, toute rougissante, à son oreille, afin d'y murmurer bien bas: Je vais être mère! c'est là qu'elle

avait reçu son dernier sourire; c'est ici qu'elle avait recueilli sa dernière parole, son dernier sourire d'homme heureux!

Oh! les êtres aimés ne meurent pas qu'une fois! Longtemps, bien longtemps après que les rosiers ont refleuri sur leurs tombes, il reste mille choses dans la maison qui gardaient encore quelque parcelle de leur âme, et qui tout à coup s'éteignent à leur tour ou se brisent!

Madame Benzel enfin se rendit au cimetière. Tout un soir elle y pleura, elle y pria; elle en revint plus forte et plus calme.

M. Muller, précisément, l'attendait au coin du feu.

— Causons de l'avenir, lui dit-elle en s'asseyant sur le fauteuil qui occupait l'autre coin de la cheminée; c'était le fauteuil du docteur, c'était le fauteuil du maître.

Par cet acte si simple en apparence, elle semblait résolûment accepter l'héritage de son mari; elle prenait en main les rênes du gouvernement de la maison.

— Mon ami, ajouta-t-elle en lui tendant la main, conseillez-moi... Que faut-il faire?

— C'est bien simple, répondit le pasteur. Dans dix-huit mois, deux années tout au plus, Karl aura terminé ses études et pourra reprendre définitivement ici pour recueillir la succession paternelle. En attendant, personne ne la lui disputera, soyez sans inquiétude sur ce point.

— Mais les malades du district, qui les soignera d'ici là?

— Moi, parbleu ! Avant de me consacrer uniquement à la théologie, j'avais fait un peu de médecine aussi. Je mettrai mes souvenirs en pratique, et pour les cas ordinaires cela suffira.

— S'il survenait cependant quelque grave maladie?

— Nous aurions recours à l'obligeance confraternelle de quelque médecin des environs... Soyez tranquille, vous dis-je; je réponds de tout!

La situation se résuma donc dans un seul mot: attendre !

Vers la fin du mois, Karl Benzel vint comme d'habitude passer quelques jours au village. On lui apprit ce qui avait été convenu. Il embrassa sa mère en jurant de se montrer digne d'elle. — Je comprends comme toi l'héritage de mon pauvre père, s'écria-t-il en pleurant; c'est la santé, c'est la vie de tous les habitants du canton. J'en réponds désormais à Dieu, et je vais travailler deux fois davantage encore, afin qu'on m'attende ici moins longtemps !

Le lendemain matin, il repartit pour Heidelberg.

Et les jours succédèrent aux jours, les mois aux mois, comme si rien d'extraordinaire absolument ne se fût passé dans la vallée.

Les choses s'étaient arrangées comme l'avait prévu M. Muller ; Karl tenait religieusement sa parole, et le grand jour de l'examen définitif approchait rapidement pour lui. L'inconsolable chagrin de madame Benzel s'était peu à peu transformé en une mélancolie patiente et douce, qui n'est pas sans charme pour les cœurs profondément blessés. On n'est jamais complètement seul, lorsqu'on a pour compagnes les trois divines fées chrétiennes qui s'appellent la Foi, l'Espérance et la Charité ! La noble veuve commençait à comprendre que son fils une fois revenu près d'elle, son fils médecin du village, il lui restait peut être encore d'heureux jours !

Aussi la stupéfaction du pasteur fut-elle grande, son inquiétude des plus vives, lorsque la scène que nous avons racontée à la fin du chapitre précédent vint le surprendre tout à coup au milieu du calme profond, au milieu de la sérénité triste mais complète dans lesquels on était retombé quelque temps après la mort du pauvre Benzel.

Emporté par le cheval que lui avait cédé le vieux Frantz, il arriva rapidement à la maisonnette du docteur.

Immobile et pâle sur le seuil, madame Benzel attendait.

Trop impatiente sans doute pour attendre qu'on fût arrivé dans la maison, trop émue pour expliquer elle-même la cause de son trouble étrange, elle entraîna rapidement le pasteur vers un bosquet de chèvrefeuille qui se trouvait non loin de là, et lui tendant la lettre d'une main tremblante.

— Lisez, dit elle, mon vieil ami... lisez haut.

III.

« Ma bonne mère, écrivait Karl Benzel, figurez-vous que nous sommes renfermés tous les deux dans la chambre où mon père est mort, que je m'agenouille solennellement devant son grand fauteuil où vous êtes assise, et que vos mains dans mes mains, mes regards attachés sur vos regards, je m'apprête à vous dévoiler mon âme avec autant de confiance que de respect, avec autant de tendresse que d'espérance : ceci est une confession.

» J'aime, ma mère ! j'aime comme mon père vous a aimée ! j'aime d'un de ces amours qui sont toute la vie, car ils la rendent heureuse ou la flétrissent à jamais.

» Comment cet amour-là m'est-il venu ? Je vais vous le dire, ma mère. Je vais tout vous dire... Ecoutez-moi, je vous le répète, comme si j'étais à vos genoux.

» Il y a six mois de cela. Mon Dieu, oui, six mois déjà... Comme le temps passe vite quand on aime !

» C'était à la maison des étudiants. Vous savez, ma mère, que je me suis rarement mêlé à leurs fêtes et à leurs querelles. Depuis la mort de mon père surtout, depuis que je me suis imposé le devoir de travailler deux fois plus encore qu'auparavant, je me tenais presque constamment à l'écart. De temps en temps, néanmoins... excusez-moi, ma bonne mère... mais on n'a pas à vingt ans le droit d'être tout à fait sage ; mais lorsqu'on est étudiant à Heidelberg, il faut prouver par-ci par-là qu'on n'a ni mépris orgueilleux ni sauvage antipathie pour ses camarades.

» Bref, ce jour-là j'étais avec les autres, et je faisais, en apparence, comme les autres.

» Aux approches de la nuit, comme j'allais reprendre le chemin de ma mansarde, un *renard doré* entra tout à coup.

» C'est le nom qu'on donne, vous le savez, aux étudiants de dernière année ; c'est le titre que j'aurais le droit de porter moi-même.

» — La ruse a pleinement réussi, s'écria-t-il, la petite sera ici dans un quart d'heure !

» Ces quelques mots excitant ma curiosité, je m'informai.

» O ma mère ! il s'agissait d'une pauvre jeune fille qu'on appelle la perle d'Heidelberg à cause de sa beauté, à cause de sa pudeur, la sensitive. Ne pouvant triompher de sa sagesse, on avait tendu un piège à son innocence. Un étudiant, déguisé en domestique anglais, s'était présenté chez elle. Sa maîtresse, avait-il dit, désirait faire réparer de précieuses dentelles (telle était la profession de cette jeune fille). On lui avait laissé un faux nom, une fausse adresse. Elle allait venir avec confiance, et, croyant arriver chez une dame respectable, elle allait se trouver tout à coup au milieu de ses adorateurs repoussés, au milieu des plus dangereux étudiants de l'Université.

» Etait-ce un pressentiment, ma mère ? je n'oserais l'affirmer. Mais cette révélation m'indigna. Je le déclarai hautement. On essaya de tourner autour de moi la chose en plaisanterie. Je m'écriai que c'était infâme. On me répondit en riant. — Cela ne sera pas, dis-je avec une colère croissante ; je vous en empêcherai, je vous le défends ! On me riposta cette fois avec violence, la querelle commençait à s'échauffer.

» Tout à coup elle parut.

» Qu'est-il besoin de vous tracer son portrait, ô ma mère ! dès le premier regard, j'avais senti que mon âme tout entière s'envolait vers elle !

» M'élancer à sa rencontre, placer son bras sur le mien, lui crier qu'on l'avait trompée, la faire sortir de cette maison fatale, et respectueusement la reconduire jusqu'au seuil de sa demeure, tout cela fut pour moi comme une inspiration, comme un rêve.

» Ce rêve devait avoir, hélas ! un réveil sanglant !

» A peine la porte de la maison de la jeune fille se fut-elle refermée sur elle, à peine fus-je revenu de quelques pas dans la nuit, que je me trouvai entouré d'un cercle d'hommes silencieux et menaçants.

» C'étaient les étudiants dont je venais de déjouer les mauvais desseins.

» Un d'entre eux tenait à la main des épées nues.

» Deux autres allumèrent des torches.

» C'était un duel.

» Un duel inévitable... ma mère... un duel que je ne pouvais refuser sous peine de déshonneur !

» Les justes causes ne sont pas celles toujours qui triomphent, je fus vaincu.

» Gardez-vous bien d'accuser le ciel, ô ma mère ! Les vues de Dieu sont impénétrables ; peut-être a-t-il voulu par cette blessure même assurer mon bonheur et le vôtre !

» Lorsque je revins à moi, la jeune fille que j'avais défendue était debout à mon chevet.

» Elle m'avait ramassé tout sanglant dans la rue, elle m'avait fait porter dans sa pauvre mansarde ; depuis une semaine déjà, jour et nuit, elle m'a veillé, elle me soignait comme vous seule auriez pu le faire, ô ma mère !... Les médecins avaient tout d'abord déclaré que je n'en reviendrais pas, à moins d'un miracle. Ce miracle, s'était écrié Henriette, je le ferai. Et elle avait tenu parole, ma mère ; elle m'avait sauvé.

» C'est donc à elle, à elle seule, à Henriette, que vous devez votre fils.

» Pardon, ma bonne mère, pardon de vous avoir fait un mystère de ce danger, de ce duel, de cette blessure. Vous seriez morte d'effroi, voilà mon excuse.

» Lorsque je vous écrivis pour la première fois après l'événement, ce fut la main d'Henriette qui guida ma main... pardon !...

» Quinze jours plus tard, lorsque je fus comme d'habitude au village, vous m'avez trouvé un peu pâle, vous souvenez-vous ? C'est le travail, ai-je répondu. Et j'ai rougi, ce qui vous a rassurée. Je mentais ; pardonnez-moi, ma mère !

» Pardonnez-moi encore d'être reparti plus tôt que d'ordinaire à cette visite-là. La cause vous en est connue ; déjà j'aimais Henriette.

» Si vous saviez comme elle est jolie, ma mère ! comme elle est bonne et douce... douce et bonne comme vous... comme l'enveloppe de l'âme d'un ange ! O quelle aimable compagne... quelle charmante fille cela vous ferait là-bas !

» Et puis, songez-y donc, que de motifs n'avez-vous pas pour la chérir déjà, même sans la connaître !

» Après m'avoir rendu possible le bonheur de vous revoir, de vous embrasser encore, de vous rendre heureuse dans un prochain et long avenir comme je l'espérais autrefois, comme je l'espère plus que jamais maintenant, Henriette a soutenu, réconforté, charmé la convalescence de votre enfant. Pour quiconque ressuscite d'une maladie mortelle, il est comme une seconde naissance au seuil de cette nouvelle vie qui, non moins que la première, suppose une maternité. Mon ange sauveur fut donc pour moi d'abord comme une autre mère... Ne soyez pas jalouse de cette expression. Dans Henriette je croyais vous voir revivre. C'est pour cela sans doute, c'est comme cela que j'ai commencé à l'aimer !

» Songez-y donc, ma mère, c'est elle qui a guidé mes premiers pas, avec non moins de tendre sollicitude que vous les guidiez vous-même il y a quelque vingt ans ! C'est à son bras que je suis ressorti pour la première fois au grand soleil, que j'ai pu revoir les alentours si verdoyants de mon cher Heidelberg, entendre de nouveau la chanson des oiseaux dans la forêt, sentir les parfums des fleurs apportés par la brise du soir !

» Puis, les forces me revenant peu à peu, notre marche s'est précipitée, nos sensations sont devenues pareilles et communes. A mesure que la vie grandissait en moi, Henriette de son côté semblait rajeunir. Je n'étais plus un enfant, ce n'était plus une mère. O mon Dieu ! comment avais-je pu la considérer ainsi ! Elle avait dix-sept ans à peine, elle était blonde, svelte, rosée, charmante comme... Tenez, ma mère, regardez ce pastel suspendu dans le cabinet de travail de mon père... ce portrait délicieux... votre portrait de jeune fille... Eh bien, Henriette, c'est cela !... C'est vous telle que le jour où le docteur Benzel m'a pour la première fois rencontrée. C'est bien votre ressemblance, ma mère. Pouvez-vous m'en vouloir encore de l'aimer !

» A franchement parler, ni l'un ni l'autre, nous ne songeâmes guère d'abord à cela. J'étais tout entier au bonheur de me sentir renaître au milieu de ce beau printemps ; Henriette, qui jusqu'alors était à peine sortie de la chambre où elle travaillait, se trouvait comme enivrée par le grand air, par la libre nature. Nous allions, nous courions au hasard dans la campagne ou dans les bois, ainsi que deux écoliers faisant l'école buissonnière ; nous étions simplement heureux comme deux chevreaux bondissants, comme deux moineaux de la dernière couvée, comme Adam et Eve aux premiers jours innocents du paradis !

» Puis, vient le temps où l'on va plus lentement, où les regards se cherchent et s'évitent tour à tour, où l'on reste auprès de l'autre durant de longues heures sans rien dire, où les mains se serrent en se rencontrant, sans même s'en apercevoir, où le moindre contact, le moindre coup d'œil, le moindre sourire vous troublent délicieusement et vous émeuvent !

» Malgré ces indices, de jour en jour plus significatifs, nous ne comprenions pas, ou plutôt nous ne pouvions pas comprendre encore, endormis et bercés que nous étions tous les deux par notre beau rêve.

» Les plaisanteries de mes camarades de l'Université me réveillèrent enfin ; mes amis eux-mêmes vinrent me dire : Ce n'était pas la peine de te battre pour Henriette, si toi-même tu devais la perdre le lendemain.

» Elle devait sommeiller encore, elle, dans son innocente pureté de colombe. L'honneur m'ordonnait de l'avertir à son lever, ou du moins de lui conseiller un peu plus de prudence.

» Dans cette intention, je courus loyalement à la mansarde.

» Elle avait tout appris de son côté, ma mère ! Elle venait de partir sans même laisser une trace ! Pour unique adieu,

je ne trouvai que ces mots : « J'ai toujours passé pour une hon-
» nête fille, et je veux qu'il en soit toujours ainsi. Au nom de
» ma réputation, que vous avez compromise sans le vouloir à
» Heidelberg, et que vous achèveriez de perdre aussi facilement
» ailleurs, Karl... ne cherchez pas même à savoir ce qu'est de-
» venue celle qui doit vous fuir, mais qui ne vous oubliera ja-
» mais! »
» Malgré cette défense, malgré cette prière, dès le soir
même, je me mettais follement à sa recherche.
» Huit jours après, je l'avais retrouvée.
» A Manheim, où déjà depuis longtemps on la demandait à
cause de son habileté de dentellière... à Manheim, où triste,
mais courageuse, elle croyait fermement s'être exilée pour
jamais!—Karl!... s'écria la pauvre enfant à ma vue, ô Karl,
pourquoi donc ne voulez-vous pas consentir à m'oublier?
— » Henriette!... avais-je dit en même temps, pourquoi
m'avez-vous donc fui?...
» En même temps aussi, tous les deux, nous nous répon-
dîmes avec ces mots :
— » Parce que je t'aime!
» Et nous tombâmes dans les bras l'un de l'autre.
» Il y a quatre mois de cela, ma mère.
» Durant ces quatre mois, j'ai passé chacun de mes diman-
ches à Manheim, avec Henriette!...
» Mais il n'était plus question de plaisirs entre nous, pas
même d'amour, ce qui nous réunissait ainsi, ce qui nous pro-
tégeait contre nous-mêmes, c'était le travail.
» Il s'agissait de l'éducation d'Henriette.
» — Qu'importe que tu sois orpheline, que tu sois artisane et
pauvre, lui avais-je dit. Ma mère est au-dessus des injustes
préjugés, des vulgaires intérêts de ce monde. C'est le désin-
téressement et la bonté même. Le seul défaut qu'elle te trouverait, défaut dont tu peux fort heureusement te corriger,
c'est ton ignorance. Veux-tu que je sois ton professeur?... A
ce titre, il t'est permis de me recevoir. Au nom de notre bonheur à venir, Henriette, le veux-tu?
» Elle voulut refuser encore ; mais la pauvre enfant était à
bout de forces. Et puis, il s'agissait de rétablir entre nous
deux l'égalité, cette source de toute espérance ! Je repartis
avec son consentement.
» Depuis cette époque, mon Henriette a travaillé avec tant
d'ardeur, a déployé tant d'intelligence, a si bien profité des
leçons de son maître, qu'elle est digne aujourd'hui, ma mère,
de porter votre nom, de devenir votre compagne.
» De mon côté, ma mère, je n'ai pas négligé mes dernières
études. Loin de là, l'espoir du bonheur m'a fait redoubler
d'efforts. C'est dans quinze jours que je passe mon examen
définitif. J'espère réussir. Cependant il me faudrait donner
encore un vigoureux coup de collier. Ah ! si vous le vouliez,
ma mère, je serais certain du succès!
» Voulez-vous avoir confiance en votre fils, qui sacrifierait
sans murmure son bonheur à votre volonté? Voulez-vous me
permettre d'engager mon avenir d'après l'instinct de mon
cœur? Voulez-vous me répondre ces quelques mots que je
couvrirais de baisers reconnaissants et de folles larmes de
joie : Sitôt que tu seras reçu docteur, ramène-nous bien vite
avec toi ma bien-aimée fille Henriette? »
. . . .
Suivaient encore bien d'autres raisonnements, bien d'autres
supplications, bien d'autres rêves d'avenir également inspirés
par le plus enthousiaste amour.
Après avoir terminé cette lecture qui respirait comme un
parfum de jeunesse et de sincérité, le pasteur Muller releva
ses yeux attendris vers madame Benzel.
Avec un attendrissement égal pour le moins, mais que
tempérait un anxieux effroi, madame Benzel regardait aussi
le pasteur Muller.
— Eh bien? fit-elle.
Plongé dans une vague méditation, qui n'était pas exempte
d'un certain charme, car le bon vieillard revoyait peut-être
en ce moment le mirage de ses jeunes amours, il resta durant
quelques secondes sans répondre.
— Eh bien! mon ami, n'avez-vous donc pas un conseil à
me donner?
— Si fait, répondit enfin M. Muller. Mais ce conseil, il faut
me promettre de le suivre sans le discuter avec moi, sans
vous effrayer de rien, sans hésitation aucune.
— Cependant...
— C'est ainsi. Donnez-moi donc d'avance votre parole.
Une dernière fois, la pauvre veuve étonnée regarda l'évangélique vieillard.
Il y avait tant de solennelle autorité dans sa parole, tant
d'amicales promesses dans son sourire, dans toute sa personne

tant de véritable inspiration émanant de Dieu, que madame
Benzel n'hésita plus.
Eh bien! dit alors le pasteur. . . . .
. . . .
Mais il me semble qu'il serait temps de quitter un peu le
village, et de conduire le lecteur à Manheim, afin qu'il puisse
faire connaissance, avant d'aller plus loin, avec l'étudiant
Karl et avec la dentellière Henriette.

IV.

Voyez-vous d'ici cette petite mansarde guillerette et fraîche?
Le splendide panorama des bords du Rhin se déroule devant
son unique fenêtre, gracieusement encadrée par les folles
branches de la clématite et du chèvrefeuille. Au-dessous de
cette marquise odorante, une cage légère est suspendue. Dans
cette cage des fauvettes, sur l'appui de la fenêtre, un rosier,
des vergiss-mein-nicht. Non loin de là un métier de dentellière, une chaise basse. Sur la cheminée deux bouquets de
fleurs des champs, quelques porcelaines noires; un peu plus
haut, un miroir des plus modestes; plus haut encore, une
petite statuette de la Vierge, qui semble la protectrice naturelle de cet humble réduit. Le parquet est toujours fraîchement lavé; les moindres meubles, sur lesquels jamais rien ne
traîne, brillent de cet éclat touchant que donne la sainte propreté, le coquet amour du peu qu'on a. Rien ne saurait être
plus blanc que les rideaux qui décorent la fenêtre et voilent
la pudique couchette au chevet de laquelle, pour tout orne-
ment, on aperçoit un rameau de buis bénit. Cette pauvre
mansarde sent l'innocence, la sérénité, le travail et la douce
joie qui s'ensuit. Les mauvais sentiments, pas plus que les
araignées, n'y tissent leur toile; la dissimulation n'y est pas
moins inconnue que la poussière. Il y a de la chanson dans
l'air qu'on respire là, du franc rire, de la vraie tendresse,
tout cela se mêle délicieusement aux parfums de la fenêtre
entr'ouverte. Assurément, nous sommes chez une Rigolette
allemande; disons-le tout de suite, nous sommes chez la dentellière Henriette.
Karl Benzel n'a pas flatté son portrait; Karl Benzel a par-
dieu bien raison d'en être amoureux... Jugez plutôt.
Dix-sept printemps dans toute leur fleur... un mois de mai
vivant... Des cheveux blonds où le soleil semble se complaire
à allumer au moindre rayon des reflets d'or et de feu... Une
finesse de peau blanche, une fraîcheur de carnation comme
il ne s'en rencontre qu'aux rives rhénanes; de grands yeux
bleus, tour à tour rêveurs ou pétillants comme des yeux d'enfant. Des dents de jeune chien, des lèvres qui font penser
aux cerises. Rien de parfait comme l'ovale un peu allongé de
son visage, rien de gracieux comme l'attache et les mouvements de son cou. Elle est un peu petite peut-être, mais
d'une adorable mignonnerie dans toutes ses proportions. Pour
la taille, c'est une sylphide; pour la main, c'est une duchesse;
pour le pied c'est une Cendrillon.
Et puis ce qui surtout est adorable en elle, c'est l'esprit,
c'est l'âme, c'est le cœur qui animent toutes ces perfections
ingénues, toutes ces petites violettes à demi cachées sous cet
autre gazon qui s'appelle une robe d'indienne et un petit bonnet de grisette!
En ce moment elle est assise auprès d'une table couverte
de ses livres et de ses cahiers d'écolière. La leçon vient de se
terminer, sans aucun doute, et Karl par conséquent est à ses
pieds.
Le fils du docteur Benzel ne fait nullement disparate à côté
d'Henriette, je vous le jure. Loin de là. C'est un bel et bon
jeune homme, à la chevelure et à l'œil noirs, à l'air fier et
doux en même temps, qui vît porte avec une rare élégance
son pittoresque costume de renard doré. La sincérité, la pureté, la bonté sont un amour donnent à son visage, à son regard, à sa voix quelque chose qui semble l'élever au-dessus
de la terre avec son Henriette et les rapprocher tous les deux
du ciel. Oh! personne ne s'étonnerait, soyez certain, en en-
tendant ces deux beaux et tendres enfants s'entr'appeler mon
ange!
Mais une horloge tinta tout à coup dans le lointain.
— Karl, dit en se relevant Henriette, voici l'heure de retourner à Heidelberg.
— Adieu donc, fit à regret le jeune homme, adieu! mais
que ce soit le dernier.
— Le dernier!
— Dimanche prochain, ce ne sera plus l'étudiant qui vien-

dra, ce sera le docteur Benzel... ce ne sera plus le fiancé, ce sera le mari!

— Moi votre femme, Karl?

— N'en es-tu pas digne par l'éducation maintenant, comme tu l'étais déjà par le cœur et par la beauté! Oh! quand ma mère t'aura vue, quand vous aurez causé dix minutes seulement ensemble, elle t'ouvrira ses bras, elle sera fière de te nommer sa fille!

— Oh! s'il était vrai, Karl, si notre beau rêve se réalisait!... Comme je l'aimerais, mon Dieu! comme je la rendrais heureuse!...

— Espère, Henriette! Aie même mieux que l'espérance, aie la foi. J'ai tout écrit à ma mère. Elle m'aime trop, elle est trop bonne pour refuser de faire de tous nos projets d'avenir une réalité!

— Cependant, Karl, elle ne t'a pas encore répondu.

— Elle attend sans doute que mon doctorat soit passé. Dimanche prochain, je t'apporterai tout à la fois mon diplôme et son consentement.

— A dimanche donc! conclut Henriette, car le quart venait de sonner, et la vapeur n'attend pas, même les amoureux.

Puis, légère comme sa fauvette favorite, elle bondit jusqu'à la fenêtre, cueillit la plus belle rose de son rosier, l'entoura d'une auréole de vergiss-mein-nicht, et, déposant le plus gracieux baiser sur ce symbolique bouquet, elle le tendit pudiquement au jeune homme, en lui disant:

— Voilà ta semaine, mon Karl bien-aimé!

— Voici la tienne, répondit le jeune homme en lui rendant en échange un pareil bouquet, reçu le dimanche précédent, précieusement gardé depuis ce temps là sur son cœur.

— Je vais travailler pour toi, dit encore Karl.

— Pour toi je vais prier! dit encore Henriette.

Enfin, après s'être tenu longtemps les mains, après s'être souvent répété: A dimanche... qui sait même, peut-être bien aussi, mais des yeux surtout: Je t'aime! après un dernier regard, après un dernier sourire...· pourquoi ne le dirais-je pas? après un dernier baiser, Karl s'était enfui.

Il le fallait bien!... le dernier convoi partait à la demie!

Henriette, cependant, courut à la fenêtre... Déjà Karl courait à toutes jambes dans la rue... Il se retourna, et releva la tête... Il y eut encore un signe échangé, encore un élan de l'âme à l'âme, — encore une félicité du paradis.

Mais ce fut tout.

Une demi-heure après, néanmoins, Henriette était encore à la fenêtre, immobile, pensive, et du regard suivant une petite fumée blanche qui courait légèrement au-dessus des arbres de la forêt.

C'était la fumée de la locomotive qui emportait Karl Benzel.

Mais voilà que la porte de la mansarde se rouvre tout à coup.

Une femme paraît, qui semble hésiter.

— Entrez, madame Lisbeth, dit mélancoliquement Henriette. Entrez donc, il n'est plus là!

V.

Madame Lisbeth est une voisine, une amie.

Il n'y a pas plus de huit jours, cependant, qu'elle est venue habiter la mansarde contiguë à celle d'Henriette.

Dès le soir même on s'est rencontré sur le carré.

Henriette est de celles qu'on aime à première vue.

Madame Lisbeth semble une personne également sympathique. Son visage annonce quarante années pour le moins, beaucoup de douceur, un secret chagrin, une grande beauté évanouie. Henriette n'a jamais connu sa mère, mais souvent elle la rêve ainsi.

Le lendemain, un petit service à demander ou à rendre, un prétexte peut-être cherché de part et d'autre, ont tout naturellement rapproché les deux nouvelles voisines.

Le troisième jour, celle-ci est venue travailler le matin chez celle-là, celle-là le soir chez celle-ci.

On s'est fait de mutuelles confidences dès le quatrième jour.

Madame Lisbeth est une femme de chambre de grande maison, ses maîtres, auxquels elle était fort attachée, viennent de mourir tout récemment, en lui laissant bien juste de quoi vivre. Elle a été mariée autrefois, mais veuve presque aussitôt. Elle n'a pas d'enfants. Elle est absolument seule au monde.

L'histoire d'Henriette a été un peu plus longue; n'est-ce pas l'histoire de ses amours!

La voisine l'a écoutée avec beaucoup d'attention; plusieurs fois, elle a semblé vivement émue.

— Prenez garde! a-t-elle dit enfin, prenez garde, mon enfant, si ce jeune homme n'était pas sincère?

— Vous ne me répéterez pas cela quand vous l'aurez vu, se contenta de répondre ingénument la dentellière.

— Le voir!... se récria madame Lisbeth avec une certaine vivacité. Non... non, mademoiselle.

— Pourquoi donc cela?

— Parce que... quelque purs que soient vos amours... il ne serait pas convenable à moi de les encourager par ma présence.

— Oh! madame, quand nous sommes ensemble avec Karl, les saintes elles-mêmes du paradis pourraient nous contempler sans qu'elles aient à rougir!

Et la jeune fille ne se formalisa pas autrement de cette susceptibilité, qui devait lui paraître d'autant plus étrange qu'en toute autre chose l'ex-femme de chambre paraissait l'indulgence et la bonté même.

Ainsi, vers la fin de la semaine, ayant remarqué que madame Lisbeth avait une instruction vraiment au-dessus de son état, Henriette lui dit un soir:

— Karl assure que je suis devenue aussi savante qu'il pourrait le désirer, mais je crois que sa tendresse l'aveugle ou me flatte. Interrogez-moi donc, ma bonne amie, jetez un coup d'œil sur ce qu'il me fait écrire, et dites-moi franchement la vérité.

Madame Lisbeth se prêta de fort bonne grâce à cet examen, elle y mit même une sorte d'empressement, et resta vraiment émerveillée. Avoir appris tant de choses en si peu de temps, c'était presque un miracle.

— Un miracle de l'amour... ne dit-on pas qu'il en fait? répliqua la grisette avec le plus candide et le plus charmant des sourires.

Une autre fois, des dames de la ville rendirent visite à la dentellière à propos d'une petite commande relative à son état. Madame Lisbeth se trouvait présente. Henriette les reçut avec un tact si parfait, avec une si gracieuse courtoisie, voire même avec tant de naturelle élégance, que l'ex-femme de chambre, qui sans aucun doute se connaissait aux belles manières, ne put s'empêcher de lui dire:

— Il est des choses qui ne s'apprennent pas, mon enfant, et je commence à croire que M. Karl songe sincèrement à vous prendre pour femme. Avec la beauté, Dieu vous a donné la distinction; dans aucun monde, Henriette, vous ne seriez déplacée.

Qui fut contente et fière? ce fut Henriette.

Vint le dimanche. Avant l'arrivée de son amoureux, l'artisane allait au temple. Madame Lisbeth l'accompagna. Les pauvres accouraient au-devant de la jeune fille avec autant de confiance que les fauvettes de sa cage, et les kreutzers tombaient de sa blanche main non moins généreusement que les grains de mil.

— Dame, s'écria angéliquement Henriette, j'ai travaillé jour et nuit cette semaine... je suis presque riche aujourd'hui dimanche... et l'argent du travail est comme le gâteau des rois, il en faut toujours réserver la part des pauvres.

— Ah! tenez, s'écria madame Lisbeth avec une émotion difficilement contenue, tenez, Henriette, si la mère de votre Karl pouvait se trouver à ma place, assurément elle ne refuserait pas son consentement au mariage.

Sitôt de retour à la maison, l'ex-femme de chambre se renferma nonobstant chez elle, ainsi qu'elle l'avait annoncé, et ne voulut pas à toute force être vue par Karl Benzel.

En revanche, à peine eut-elle entendu s'éloigner l'amoureux, qu'elle s'était empressée de reparaître, ainsi qu'on a dû le voir, chez sa voisine de mansarde.

VI.

Ce jour-là, la jeune fille était folle d'espérance et de joie. Elle avait encore le dernier regard de Karl dans l'âme!

La voisine fut obligée d'en convenir tout haut: il était impossible d'imaginer quelque chose de plus éblouissant, de plus séraphique qu'Henriette.

Le lundi, cette rayonnante efflorescence de l'amour se soutint encore. Mais elle baissa sensiblement le mardi. Pas de lettres de Karl, qui sans doute était tout à son examen. Dame, c'était la terrible semaine! Le mercredi, une lettre arrive; mais dans cette lettre Karl ne pouvait dissimuler son inquiétude, il n'avait pas reçu de réponse encore de sa mère.

— O mon Dieu! murmura la pauvre jeune fille toute tremblante, ô mon Dieu!... si elle allait refuser!

— Il ne faudrait pas lui en vouloir, répondit madame Lisbeth avec une gravité tendre. Qui sait si elle n'avait pas rêvé pour son fils un mariage brillant. Il est dans le monde des préjugés, des intérêts que doivent respecter les mères. Peut-être est-elle plus inquiète à cette heure ! Peut-être frémit-elle à la pensée qu'abusant de l'avenir de son fils, vous allez vous placer fatalement entre elle et lui !

— Jamais ! s'écria spontanément l'artisane révoltée... jamais !

— Elle peut le craindre.

— Croyez-vous ?... Oh ! je ne veux pas qu'il en soit ainsi ! Je veux qu'elle sache bien que je suis prête à me sacrifier, s'il le faut, à l'avenir de Karl ! J'en mourrai peut-être... mais qu'importe, pourvu que je ne trouble pas le repos, pourvu que je ne détruise pas le bonheur de madame Benzel ! Pauvre mère de mon Karl ! Oh !... tenez, Lisbeth, tenez... il faut que je lui écrive cela tout de suite, tout de suite.

Et, courant à la table, elle écrivit rapidement quelques paroles fiévreuses.

Puis, les soumettant à madame Lisbeth :

— Je sors pour réparer de l'ouvrage. Lisez cette lettre, je vous en prie, et si vous la trouvez convenable, jetez-la vous-même à la poste... Quant à moi, je le sens, je n'en aurais jamais le courage !

Et, l'œil humide, le sein palpitant, elle s'enfuit.

VIII.

Restée seule, madame Lisbeth s'empressa de lire la lettre d'Henriette à madame Benzel.

« Votre fils m'aime, lui écrivait-elle, et j'aime votre fils. Il désire que je sois sa femme ; plus encore peut-être que lui, je le désire ; mais si cet amour devait vous causer un chagrin, si ce projet de mariage n'obtenait pas votre agrément, si même vous deviez y consentir à regret, dites un mot, madame, un seul mot, et je m'éloigne à l'instant, et je m'enfuis si loin, que Karl ne me retrouvera jamais, que Karl jamais ne saura ni pourquoi ni comment j'ai disparu tout à coup.

» La seule grâce que j'implore de votre bonté, madame, ce serait dans ce cas-là d'aller bien vite trouver votre fils à Heidelberg, de le consoler, de faire en sorte qu'il m'oublie. Rien n'est impossible à une mère aimée et respectée, surtout comme vous l'êtes, madame. Oh ! je vous en supplie, qu'il ne soit pas malheureux ! . . . . »

Après cette touchante lecture, madame Lisbeth pleura beaucoup, et resta longtemps pensive.

IX.

Nous sommes au vendredi.

Plus de nouvelles de Karl, pas de réponse de madame Benzel.

Henriette est bien triste.

Vainement madame Lisbeth s'efforce de la rassurer.

— J'en ai le pressentiment... tout est fini ! murmure la jeune fille abattue.

— Quand bien même, dit enfin l'ex-femme de chambre, vous oublieriez aussi.

— Jamais !

— On dit toujours cela... et puis ensuite... Il y a tant de consolation pour une jeune fille de votre âge !

— Que voulez-vous dire ?

— La fortune d'abord...

— La fortune ?

— Je connais quelqu'un de très-riche qui vous aime... notre vieux propriétaire Bethman... qui, pas plus tard que ce matin, me suppliait de vous faire entendre...

— Ah ! madame Lisbeth, est-ce bien vous qui me parlez ainsi ?

— Loin de moi l'idée de vous offenser, Henriette... Le millionnaire Bethman ne parle de rien moins que de vous épouser...

La pauvre jeune fille contemplait madame Lisbeth avec une douloureuse stupeur. Tout à coup enfin elle éclata en sanglots.

— Pardon, mon enfant, pardon ! s'écria madame Lisbeth, qui déjà la serrait sur son cœur avec une incomparable exaltation de tendresse.

— A la bonne heure, je vous retrouve, sourit Henriette à travers ses larmes. Vous avez voulu m'éprouver sans doute ; et, quoique vous m'ayez fait bien mal, je vous en remercie, car cette épreuve m'amène tout naturellement à une proposition que je n'osais pas vous faire encore...

— Parlez sans crainte, Henriette... oh ! parlez...

— Bien que je ne vous connaisse que depuis peu de temps, je ne sais pas comment cela s'est fait si vite... mais je vous aime bien, madame Lisbeth.

— Et moi aussi, Henriette... allez... je vous aime !

— Tant mieux... car vous consentirez alors...

— A quoi donc ?

— Si je dois partir, vous partirez avec moi... nous irons nous établir ensemble dans quelque ville éloignée... Vous êtes veuve, je suis orpheline, nous mettrons en commun nos deux isolements, nos deux chagrins, nos deux misères... Vous protégerez ma jeunesse, je soignerai vos vieux jours. Nous parlerons de Karl... En un mot, je n'ai jamais eu de mère, vous serez la mienne !

— Oh ! oui... répond madame Lisbeth avec une expression étrange. Oh ! oui... Je te le jure... tu seras ma fille !

X.

Nous sommes au samedi.

C'est le grand jour.

— Il est à cette heure devant ses juges ! se répète-t-on incessamment dans la mansarde de Manheim.

Et madame Lisbeth ne semble pas moins émue qu'Henriette.

Le soir arrive enfin.

Tout à coup un pas retentit dans l'escalier.

— C'est lui ! s'écrie Henriette en portant la main à son cœur.

Quant à madame Lisbeth, elle s'est vivement rejetée dans l'ombre.

La porte s'ouvre bruyamment, le jeune homme se précipite dans la mansarde.

— Karl, c'est donc une victoire que tu viens m'annoncer si vite ?

— Oui, mais il s'agit bien de cela !

— Oh ! mon Dieu, qu'y a-t-il donc ?

— Une lettre de ma mère, dans laquelle ces quelques mots : « Dès que tu seras docteur, cours à Manheim, et tu y trouveras tout à la fois ta femme et ta mère ! »

Stupéfaits, ne comprenant pas encore, les deux amoureux se regardent en silence.

Mais une troisième voix s'élève tout à coup entre eux :

— Eh bien ! me voici, mes enfants... J'ai tenu parole !

— Madame Lisbeth ! murmure Henriette.

— Ma mère ! a déjà crié Karl, en tombant aux pieds de madame Benzel.

Car madame Benzel et madame Lisbeth ne font qu'un.

— J'ai voulu étudier par moi-même celle que tu m'avais choisie pour fille, conclut-elle. Je suis venue, j'ai vu... j'ai été vaincue !

Et maintenant, dans le cas où vous n'auriez pas deviné déjà de qui venait l'idée de ce travestissement, qu'il vous suffise de savoir que le lendemain matin on vit arriver sur la place du village de... une petite carriole allemande, que trois personnes en descendirent, qu'un leste et souriant vieillard offrit la main à Henriette et à Karl :

— Embrassez M. Muller, mes enfants... Aimons-le bien tous, car si nous sommes heureux aujourd'hui, c'est grâce au conseil du pasteur.

DICK & DACK

I

— Ce sont les fous !... m'écriai-je.
— Ce sont les sages !... répondit aussitôt Sylsed.
— Mais non !
— Mais si!

. . . .
Il s'agissait de savoir quels sont les plus heureux des sages ou des fous.

Cette grave question s'agitait entre Sylsed et moi, au coin d'un feu réjouissant, dans l'une des longues soirées du dernier hiver.

. . . .
Avant d'aller plus loin, notez bien ces deux choses :
Le mot sage n'est ici nullement un titre, mais bien une généralité, la seule antithèse française du mot fou. Nous comprenons dans cette catégorie tous les humains doués de sens et d'organes à peu près complets, tous les êtres plus ou moins raisonnables; vous, monsieur, vous, madame, et même nous deux, Sylsed et moi.

Nos fous, c'était tout le reste, les lunatiques, les idiots, les crétins... Comme on le voit, ce reste-là se bornait à son expression la plus simple.

Passons au second point.
Mon ami Sylsed possède au dernier degré l'esprit d'entêtement et de contradiction. Si j'eusse défendu les sages, il eût à coup sûr plaidé pour les fous !...
C'est là tout ce que j'avais à faire observer.

II

— Tiens, fis-je avec impatience, veux-tu des preuves?
— Peuh ! répondit Sylsed avec un air d'incrédulité qui se soucie fort peu d'être convaincue.
— Écoute-moi, poursuivis-je.
— Tu vas me faire un conte? ricana mon obstiné compagnon.
— Une histoire !... m'écriai-je aussitôt, une histoire, et j'en ai connu moi-même les héros.
— Sera-ce long ? demanda impertinemment Sylsed.
— A peu près, répondis-je sans me déconcerter le moins du monde, à peu près, comme disaient nos pères, le temps de retourner un sablier.
— Alors, fit mon ami, laisse-moi remettre une bûche dans le feu, de la bière dans nos verres et du tabac dans ma pipe.
J'attendis avec patience, les mains sur les genoux, les yeux au plafond, et profitant du délai pour rassembler mes souvenirs.

Au bout d'un quart d'heure, je fus tiré de ma rêverie par une voix qui disait :
— Tu peux commencer maintenant, et sans crainte d'être interrompu.
— Est-ce bien certain? demandai-je en souriant.
— Très-certain, répondit Sylsed, déjà renversé sur son fauteuil ; va!
— Allons !...
Et je commençai.

III

Je t'ai souvent parlé de la Maurienne, cette pauvre et misérable province de la pauvre et misérable Savoie. Tous les ans, tu le sais, j'allais y passer la moitié des vacances chez un bon vieillard, ami de mon père et quelque peu notre parent. Je voyais toujours arriver cette époque avec joie : j'aimais ce pays sauvage et pittoresque, ces hautes montagnes brunes avec leurs panaches de pins rabougris, ces vallées sombres et profondes, où chante la voix des torrents. Je me plaisais à revoir ces villages, tantôt composés de huttes ou plutôt de tentes de chaume, dont le toit noirci touche la terre, et qui doivent parfaitement ressembler aux campements des castors de l'Amérique ; tantôt creusés dans un quartier de roc, espèce de terriers multiples, de fourmilières souterraines, de ruches d'abeilles, où vivent des familles entières, entassées, grouillantes, et ne recevant l'air et le soleil que par le trou béant, leur unique porte et leur seule fenêtre.

Pauvres Mauriens, à peine ont-ils l'instinct intelligent des abeilles, des fourmis et des castors !

Informes et goitreux, incolores et blêmes, souvent crétins, idiots parfois, stupides et abrutis toujours, ils vivent de la vie des végétaux et des madrépores ; seulement ils marchent, ils se traînent, ils rampent, voilà tout !

Eh bien, malgré toutes ces laideurs et toutes ces misères, ils sont heureux !

Oui, heureux! J'en atteste leur regard pur et doux, leur sourire candide et ingénu! Tout leur manque, mais ils ne désirent rien ; ils sont déshérités de tout, et leur incomplète nature n'a pas un regret! La montagne les abrite, les loge et les nourrit à la fois. Quelques bestiaux, leurs compagnons et presque leurs frères, les habillent de leur laine, les régalent de leur lait. Voilà toute la vie des pauvres Mauriens, et cette vie-là c'est le bonheur, en comparaison de la vie des pauvres de nos grandes villes. Ceux-là sont étouffés dans leurs caves ou dans leurs greniers fétides ; ils souffrent mille besoins, mille esclavages ; ceux-là respirent les parfums des Alpes et le grand air de la liberté.

Ne sont-ils pas trop misérables pour qu'aucune tyrannie se soucie d'exploiter leur sang et leurs sueurs !

Vois-tu bien, Sylsed, tu peux à peine me comprendre, et je le sens bien, car celui-là seul qui a visité la Maurienne peut savoir ce que l'aspect de ses habitants offre de bonhomie sereine et touchante !

Bien plus, on rencontre parmi ces peuplades idiotes des types intelligents de poésie et de charme mélancolique.

Tu vas en juger, Sylsed, tu vas en juger !

J'aimais tous ces heureux infortunés; mais deux d'entre eux avaient cependant mes sympathies particulières. Je le dis presque avec fierté, je fus leur ami !...

C'étaient deux frères jumeaux !...

Leur âge, on l'ignorait !... On les considérait dans les villages comme deux hommes, mais ils avaient l'air de deux enfants !...

On se rappelait à peine leur mère, les deux frères seuls en conservaient le souvenir ; et pourtant il y avait déjà bien des années que les deux pauvres frères l'avaient perdue.

Ils étaient idiots et muets; Dieu leur avait refusé la parole et la raison... mais un instinct confus leur donnait la mémoire du cœur.

C'était la seule intelligence des deux pauvres fous.

Figure-toi deux nains de trois pieds à peu près, souffreteux et minces, étiolés et blêmes !... Un gros goitre engonçait leur long cou et faisait pencher leur large tête d'une façon triste et dolente. Une chevelure terne et blonde retombait sur leurs épaules légèrement voûtées. Leurs narines étaient ouvertes et aplaties. Un sourire vague et naïf et triste, qui semblait ne devoir jamais quitter ces lèvres épaisses et saillantes. Tu ne peux te figurer de mélancolie et de bon comme leurs grands yeux bleus, à la pupille curieuse et limpide. Les chiens grondés ont seuls ce regard craintif, niais et caressant... Pauvres enfants, ils n'avaient pas même l'intelligence des chiens.

Ce portrait, incapable d'exciter l'intérêt qu'exciterait le modèle, ce portrait-là, c'était à la fois le portrait des deux jumeaux ! Ils avaient même taille, même air, même visage, et cette ressemblance était telle, que souvent on les eût pris l'un pour l'autre, sans deux signes étranges dont la nature les avait distingués, comme pour ne pas les confondre elle-même.

L'un portait sur la joue gauche l'image parfaite d'une étoile; sur la joue droite de l'autre était gravé le dessin exact d'une fleur inconnue.

On nommait l'enfant à la fleur Dack; on appelait Dick l'enfant à l'étoile.

D'où pouvait venir ce caprice bizarre de la nature?

Voici comment le vieil ami de mon père expliquait ce phénomène.

La mère des deux nains était une folle d'une singulière folie... On la croyait même quelque peu sorcière. Elle composait des philtres souverains pour tous les maux, et sans cesse elle errait par les montagnes à la recherche de certaines plantes inconnues aux naturalistes... Puis, afin sans doute d'ajouter à ces compositions une vertu divine, elle s'agenouillait pendant des nuits entières, les bras étendus vers une étoile, et vers la même toujours. Mon vieux parent tenait tous ces détails des pâtres de la montagne. Quant aux philtres de la folle, il y croyait sincèrement, et prétendait, grâce à leur influence, avoir été guéri de la goutte..... C'était miraculeux, comme tu le vois.

La magicienne se montrait, à des intervalles irréguliers, tantôt dans un village, tantôt dans un autre; et parfois même, assurait-on, dans plusieurs à la fois... Elle était quelque peu coquette, et se parait chaque matin d'une couronne de ces fleurs qu'elle seule savait découvrir, ou bien même, peut-être, faire pousser par sortilège sur la montagne.

Un jour, on trouva, vers le milieu du village, deux enfants nouveau-nés dans un berceau, ou plutôt dans un lit de bruyère. Tout auprès était une de ces couronnes, dont la sorcière seule avait le secret; et sur la joue de l'un d'eux on reconnut une de ces fleurs magiques. L'autre avait une étoile, et les pâtres jurèrent que cette étoile-là ne pouvait être que l'étoile devant laquelle ils avaient vu si souvent s'agenouiller la folle.

A partir de ce jour, jamais elle ne reparut dans la Maurienne.

Le village crut à un miracle et adopta les deux jumeaux. Ces deux jumeaux, c'étaient Dack et Dick.

Des années se passèrent, et les Mauriens attendirent vainement un mot sorti des lèvres des orphelins. Leur mutisme était complet, absolu!... Il ne s'échappa même jamais de leurs bouches un de ces cris articulés, avec lesquels leurs pareils expriment la douleur ou la joie. Jamais l'intelligence n'éclaira leur physionomie d'une lueur, d'un éclair, d'une étincelle!... Ils se montraient doux, inoffensifs, heureux, et le village, leur père d'adoption, n'en demandait pas davantage.

On ne leur compta ni les années, ni les morceaux de pain noir. On s'aperçut seulement que leur taille s'arrêtait dans sa croissance, et que leur tête ne dépassait à aucune moisson les blondes gerbes du maïs.

Cependant, à mesure que les jumeaux avançaient en âge, leurs goûts devenaient de plus en plus étranges. Ils semblaient tenir de leur mère ils recherchaient la solitude des gorges désertes et des pics inaccessibles. On les rencontrait toujours ensemble, toujours sauvages, rêveurs toujours.

Pendant les premières années, leurs absences ne se prolongeaient pas au-delà d'un jour. Mais bientôt ils restèrent des semaines, puis enfin des mois entiers sans rentrer au village. Ils erraient par les montagnes, nichant dans le roc, vivant de quelques racines, et se désaltérant à l'eau des torrents.

Parfois ils se regardaient des heures entières avec l'attention inquiète et questionneuse qu'ont les yeux des petits enfants. D'un doigt naïf ils touchaient les deux signes imprimés sur leurs joues. Dack examinait souvent l'étoile de Dick; souvent Dick examinait la fleur de Dack... La fleur et l'étoile semblaient avoir un sens étrange et confus pour les deux insensés.

La première fois que je les rencontrai tous deux sur la montagne, je leur adressai mille questions sans même obtenir un regard. Mais tout à coup je m'avisai de leur demander où était leur mère. Aussitôt, les deux orphelins levèrent sur moi leurs grands yeux bleus, et portèrent en même temps la main sur les vignettes de leurs joues blêmes.

Ce mot seul de mère réveillait leurs sens endormis; et, sans l'avoir jamais connue, ils l'aimaient, ils se souvenaient de leur mère!

Les bons Mauriens étaient convaincus qu'ils la cherchaient sans cesse; et les plus hardis du village prétendaient qu'ils se trouvaient tous trois dans la solitude et dans la nuit.

Chaque fois que les vacances me rappelaient en Savoie, je demandais, dès mon arrivée, des nouvelles de mes amis Dick et Dack.

Un jour, le vieil ami de mon père me répondit :

— Tu vas les trouver bien changés tous les deux.

— Comment cela? m'écriai-je avec curiosité.

— Ils ont enfin trouvé ce qu'ils cherchaient depuis si longtemps.

— Leur mère?

— Non!... Dack sa fleur et Dick son étoile... Et tous deux ensemble à la même heure. Un de nos pâtres a vu ce prodige... C'était un soir, le ciel commençait à peine à s'illuminer. Les deux muets cheminaient au bord de l'abîme de Riberi, le plus escarpé, le plus profond de tous nos principes alpestres..... Tout à coup, un cri étrange frappe les échos : c'était le premier cri de Dick!... Le pâtre les observe... Dick avait les yeux fixés au ciel. Dack avait la tête baissée vers la terre... Le pâtre reconnut au ciel l'étoile à la forme bizarre et d'incertaine lueur vers laquelle leur mère élevait ses mains jointes... Puis s'approchant, il revit aux pieds de Dack cette fleur inconnue dont la montagne se refleurissait pour la première fois depuis plus de vingt années !... A partir de ce soir-là, ni l'un ni l'autre n'est plus redescendu vers le village. Une anfractuosité du roc leur sert à tous deux d'abri contre le soleil et les rafales. Chacun y repose à son tour, Dick le jour et Dack la nuit; l'un, lorsque se ferme sa fleur; l'autre, lorsque fuit son étoile!...

Le vieil ami de mon père parlait encore, que je courais vers le précipice de Riberi.

L'ombre remplissait déjà les vallées, lorsque j'arrivai sur le sommet de la montagne... Le premier objet qui frappa mes yeux, ce fut le pauvre Dack. Il était accroupi autour d'un petit arbuste que je cherchai vainement à reconnaître, moi qui me pique, cependant, d'être assez savant botaniste. Jamais je n'ai rien vu de semblable. Les feuilles, ternes et lancéolées, intercalaient avec des clochettes d'un bleu pâle et de nuance singulière... C'est tout ce dont je me souviens à présent.

Dack contemplait sa fleur avec attendrissement, avec béatitude. Il semblait lui adresser d'amoureux et touchants adieux. Il se relevait lentement, avec regret, avec douleur. Rien de charmant comme son attitude : rien de plus mélancolique que son regard!...

Dick, au même instant, sortit de la grotte. Il courut jusqu'au bout de l'abîme, où il se prit à contempler le ciel avec impatience, avec inquiétude, avec anxiété. Tout son être semblait attendre, appeler, prier!... Je ne m'imagine pas de poésie plus mystique et plus tendre. Plusieurs fois déjà j'avais crié leur nom; ni Dick, ni Dack ne paraissaient m'entendre.. Enfin, je fis retentir à voix haute ces paroles :

— Dick, où est ta mère?... Dack, où est la tienne?

Tous deux firent un mouvement, me regardèrent étonnés ou naïfs; puis, machinalement, et comme par instinct, Dack me montra du doigt la fleur déjà presque voilée par la nuit; Dick étendit le bras vers le ciel, où je vis, au même instant, s'allumer la première étoile. Puis Dack se dirigea vers la grotte, tandis que Dick s'asseyait, les jambes pendantes, au bord de l'abîme.

Pendant un mois je les revis tous les soirs, et tous les soirs se jouait, devant moi, cette scène muette et touchante. Les deux fous jouissaient d'un bonheur serein, mystique, radieux !...

J'observai seulement que leur mutisme n'était plus aussi complet. Dack berçait sa fleur avec un bourdonnement mélancolique et monotone; Dick saluait son étoile d'un cri plaintif et cadencé! Avec ce bourdonnement et ce cri, le génie de Monpou eût créé deux mélodies, deux chefs-d'œuvre de plus.

Les vacances terminées, je quittai la Maurienne, heureux du bonheur où je laissais mes deux heureux amis.

Un an se passa.

— Que devinrent Dick et Dack?... demandai-je en embrassant mon hôte à mon retour suivant.

— Tu ne les verras plus... me dit-il avec un soupir.

— Où donc sont-ils?... m'écriai-je aussitôt.

Pour réponse, le bon vieillard me montra le ciel...

Voici ce qui était arrivé.

A l'entrée de l'hiver, Dack avait vu sa fleur languir et se faner. En vain, il l'avait abritée de son corps ; en vain, il l'avait réchauffée de son haleine. Les fleurs étaient tombées de la tige, et bientôt les feuilles avaient, hélas !... suivi les fleurs. Dack ramassait pieusement les unes et les autres ; et lorsque les branches furent entièrement dépouillées, il plaça les pauvres mortes sur son cœur ; puis soutenu, mais non consolé par un instinctif espoir, il avait attendu le printemps. Au printemps, les plantes voisines se reparèrent de leurs feuilles et de leurs fleurs ; l'arbuste de Dack resta noir et desséché !... Pas un signe de vie, pas un pauvre bourgeon !...

Chaque jour augmentait les angoisses de Dack, qui ne se séparait plus de sa fleur, même la nuit. Vain espoir ! soins inutiles !... L'été arrivait, les fruits mûrissaient déjà, Dack attendait encore en pleurant le réveil de sa fleur chérie !... Pauvre Dack !...

Dick ne pleurait pas, lui... Son étoile était toujours là ; il la revoyait toutes les nuits... Assis et presque suspendu sur l'extrême crête du précipice, il cherchait à perdre de vue la terre, à se rapprocher du ciel ! Les pâtres des environs frémissaient en l'apercevant ainsi, un coup de vent l'eût précipité dans l'abîme !...

Mais une bonne fée semblait le retenir par un lien invisible. Il était si heureux, ce bon Dick ! Il ne craignait pas, comme son frère, qu'un long hiver vînt le séparer de ses amours... Ses hivers, à lui, c'était le voile d'une nuit sombre, et voilà tout.

Un matin, un vieux pâtre, qui les regardait d'un sommet voisin, se voila tout à coup le visage. Il venait de voir un horrible spectacle, et jamais il ne me l'a raconté sans verser des larmes.

Dick contemplait son étoile d'un regard d'adieu. L'étoile file et semble tomber dans le précipice.

Dick jeta un cri plaintif et se laisse doucement glisser dans l'abîme !

A ce bruit, Dack se leva et vint lentement regarder le gouffre. Puis il revint auprès de sa fleur, la toucha, la parcourut des doigts depuis le sol jusqu'à la cime. Il chanta sa monotone chanson. La plante ne répondit que par ce bruit sec et métallique dont semble gémir le bois mort...

Alors Dack arracha la tige de sa fleur bien-aimée, et retourna vers l'abîme. Il marcha jusqu'à ce que le sol vînt à manquer sous ses pieds, et disparut à son tour comme avait disparu son frère.

. . . .

Là seulement je m'arrêtai.

J'étais avide d'entendre la réplique de Sylsed.

— Hein ?... fis-je d'un ton résolu.

Mais, pour toute réponse, je n'obtins qu'un ronflement sonore et retentissant.

Sylsed dormait.

FIN

VERSAILLES.—IMPRIMERIE CERF, 59, RUE DU PLESSIS.